ベリーズ文庫

皇帝の胃袋を掴んだら、寵妃に指名されました
〜後宮薬膳料理伝〜

佐倉伊織

STARTS
スターツ出版株式会社

目次

クールな皇帝
伯《ハク》 劉《リュウ》伶《レイ》
（光龍帝）
大陸の東方を治める彗明国の皇帝。
前君主であった暴君・香呂帝に反旗を翻し、
皇位についた。科挙試験トップ通過、
眉目秀麗なキレ者だが、優しさ故に
気に病んでしまうところも。体調不良を
麗華に見抜かれ、薬膳料理で
元気を取り戻す。それ以来
密かに麗華のことを
想っていて…!?
薬膳料理が得意な村娘
朱《シュ》 麗《レイ》華《カ》
どこが悪いのかを瞬時に判断し、
症状に合わせた薬膳料理を作ることができる。
体調を崩した人の家に呼ばれ、
料理を振る舞うことを生業にしていたが、
ある日突然後宮に招かれ尚食
（皇帝陛下の食事作る女官）
として働くことに。

皇帝の胃袋を掴んだら、寵妃に指名されました

後宮薬膳料理伝

CHARACTER INTRODUCTION

宋《ソウ》博《ハク》文《ブン》

玄峰とともに劉伶を支える頭脳派の文官。頭の回転は速いが料理が苦手。偶然出会った麗華の料理の腕を見込んで、村に滞在中料理を作ってくれるようにお願いする。

崔《サイ》玄《ゲン》峰《ホウ》

麗華の村にやってきた劉伶の側近のひとり。強面の武官でいかにも武将といった風情だが実は照れ屋で誰よりも優しい。特に麗華の作る肉料理が好き。

李《リ》貴《キ》妃《ヒ》

後宮の中で一番位が高く、最も皇帝の近くにいる妃。どうやら皇帝の寵愛を受ける麗華のことを良く思っていないようで…!?

黄《コウ》子《シ》雲《ウン》

宦官、皇帝の右腕的存在。後宮の中で皇帝が信頼する数少ない人間のひとり。猛々しさとは違う妖艶さを持ち合わせている。

徐《ジョ》青《セイ》鈴《リン》

麗華と尚食として後宮で働く女の子。同じ歳ということもあり、すぐに打ち解け大切な心の支えに。麗華の影響で薬膳料理にも興味を持ち、一緒に作ることも多い。

皇帝の胃袋を掴んだら、寵妃に指名されました
～後宮薬膳料理伝～

水抜きの中華粥

大陸の東方を治める彗明国《すいめいこく》は、五年前に香呂帝《こうろてい》が皇帝となりすっかり様変わりしてしまった。

先代の皇帝——香呂帝の父、栄元帝《えいげんてい》は政《まつりごと》に明るい皇帝として知られ、どちらかというと知能派。さらに頭の切れる文官と共に彗明国を導き、周辺の他国ともよき関係を築いていた。

しかし栄元帝とその皇后の第二子として生を受けた香呂帝は、世継ぎと喜ばれた第一子が生後間もなく病《やまい》で死したこともあってか、随分大切に育てられて贅沢三昧《ぜいたくざんまい》。学問を嫌い、どちらかというと武闘派。短絡的で気の赴《おもむ》くまま人を動かし、時には殺《あや》め……決してよい評判は聞こえてこない。

さらには、後宮に三千人近い妃賓《ひひん》や女官を従え、そちらに通いつめてはうつつを抜かしている有様なのだとか。

肝心の政は、後宮で妃賓たちの世話をしている宦官《かんがん》の中の切れ者が裏で香呂帝を操っているという噂《うわさ》も立っている。

しかし、皇帝の住まいであり政の中心地である昇龍城《しょうりゅうじょう》よりずっと南方に位置する辺境の地で暮らす私、朱麗華《しゅれいか》には関わりがなさすぎてよくわからない。

「麗華、じいさんが調子悪くてな。ちょっと頼むよ」

「わかりました」

私の家に走り込んできたのは、五軒ほど先に行った家に住んでいる趙《ちょう》さん。十八になる私の、父親くらいの歳にあたる男性だ。

私は身支度を終えると、早速家を飛び出した。

この家は父が建てたものだが、父も母も一緒に住んではいない。というのも、ふたりとも原因不明の病に倒れて次々と亡くなったからだ。兄弟もおらず、今は私ひとりで暮らしている。

慌てていたせいで、家を出てすぐに随分と背の高い男にぶつかり尻もちをついた。

「すみません」

ふと見上げると、見たことのない男性三人が立っている。おそらく私より五つ、六つほど年上だろう。

村の男たちは膝上丈の短めの上衣――襦《じゅ》と、動きやすい下衣《かい》――袴《こ》を組み合わせた服装が普通だが、三人は着こなし方に違いはあれど長衣の袍《ほう》に身を包んでいる。

特にきらびやかというわけでもないが、この辺りでこうした服装をしている者は珍しい。

真ん中の一番背が高い男は、さらに袖の短い半臂《はんぴ》を重ねて帯を締めている。

切れ長の目と、スッと通った鼻筋。そして細身ではあるがしっかりとした体躯《たいく》を持つ、辺境の地ではまず見たことがないような気品あふれる人物だった。

誰だろう……。旅の人？

そんなことを考えていると、その男の前にひときわ体つきのよい男がスッと立つ。

そして、まるで私を牽制《けんせい》するかのような鋭い目つきでにらんだ。

な、なに？

畏怖《いふ》の念を抱き立ち上がることすらできないでいると、真ん中の男が口を開いた。

「玄峰《げんほう》、その強面をなんとかしろ。彼女が震えているじゃないか」

「しかし……」

「ごめんね。玄峰の顔が怖いのは生まれつきなんだよ」

私に手を差し出す男は立たせてくれようとしているらしい。

よかった。怒ってはいないみたいだわ。

「劉伶《りゅうれい》さま。生まれつきなどという言葉で片付けられては、努力のしようがありませんが？」

　強面と言われた男はますます顔をしかめて苦言を呈する。

　しかし、その通りだ。

「あはは。とりあえず努力してみれば？」

　劉伶と呼ばれたその人は、私が手を重ねることを戸惑っているのに気づいたらしく、彼のほうから腕をつかんで立たせた。

「汚れてしまったね」

　そして窄袖衫襦《さくしゅうさんじゅ》に裙《くん》を纏《まと》った私の臀部《でんぶ》をパンパンとはたくので、頬が真っ赤に染まるのを感じる。

「あっ、結構です！」

　慌てて体をよじると、色白で一番背が低く、しかし美形の男性が口を開く。

「劉伶さま。女性に気軽に触れてはなりません」

「どうしてだ、博文《はくぶん》。泥をはたいただけだ」

「どうしてもです。彼女が困っているじゃありませんか」

　博文さんがたしなめると、劉伶さまは「あっ、ごめん」なんて人懐こい笑顔で言った。

この人だけ〝さま〟をつけて呼ばれているということは、位が高いのかしら？

「い、いえっ」

しかし、三人共に高貴な情調が満ちあふれていて――いやそれより顔立ちが整いすぎていて――気圧される。玄峰さんは少々強面だけど。

でも劉伶さま、ちょっと体調が悪そうだわ。

はっきりなにがとは言えないけれど、ふとそんなふうに感じた。

「私は伯《はく》劉伶。この無駄に凄《すご》みがあるのが崔《さい》玄峰。そしてこっちが宋《そう》博文。名前を聞いてもいい？」

「は、はい。朱麗華と申します。急いでいたのですみませ……あっ！」

趙さんの家に行かないといけなかった。

「失礼、します」

結局、その三人が何者なのかわからないまま頭を下げ、その場を走り去った。

趙さんの家に着くと、顔面蒼白のおじいさんが力なく横たわっていた。

趙さん一家は、おじいさんを筆頭に息子の趙さん、お嫁さん、あとは十三になる男の子がいる。

「どうされたんです？」

「少し前から食欲がなくて。食べないもんだから余計に弱ってしまって」

趙さんから話を聞きながら、すぐさま様子をうかがう。すると、唇が荒れていることに気づいた。

「便はどうですか？」

「柔らかいです。あとは口の中にできものができて痛いと訴えます」

それを聞き、うんうんとうなずく。

これは気虚《ききょ》の状態ね。

「脾《ひ》が弱っているようですね。今から言うものをそろえてください。まずは杜仲茶《とちゅうちゃ》、棗《なつめ》、黒糖、もち米、それと南瓜《かぼちゃ》もあるといいですが、もうないでしょうか？」

おじいさんはここ一年くらい体調が思わしくなく、飲み込みやすいものばかりとっている。そうでないと嚥下《えんげ》できないからだ。

私はそれを念頭に献立を考え始めた。

「南瓜……いくつかあるはずだ。持ってくる」

南瓜は夏から冬にかけて収穫できるが、三月《みつき》ほどは保存が効く。だからもしかして三月《さんがつ》の今も手に入るのではと言ってみて正解だった。

「よかった。それでは、先に調理をしておきます。厨房をお借りしますね」

私は早速厨房で料理を始めた。

鍋に洗ったもち米と多めの水、そして棗を入れて火にかける。

棗は脾の動きをよくして胃腸の調子を整えてくれる。活動の源となる〝気〟が不足している気虚という状態のときに摂取するとよいと言われていて、こうしたときは体を温めるのが基本だ。

それをこれまた気虚のときによく用いるもち米と煮ることで、気を補う効果が高まる。

また別の棗を水につけておき、その水を用いて杜仲茶を淹《い》れた。これも体を温める役割があり、胃腸の不調には効くはずだ。

「本当はもう少しつけておいたほうがいいのですが、今はとりあえず」

できた杜仲茶をお嫁さんに飲ませてもらった。

しばらくすると、大きな南瓜を抱えた趙さんが戻ってきたので、早速それを切り、水と黒糖を加えて煮込みだす。

気虚のときは甘いものを取り入れるのがいい。南瓜だけでも十分に甘いが、さらに黒糖も使った。

もち米で作った粥《かゆ》はうまくできた。

南瓜も柔らかく煮えたが、それを潰してお湯で伸ばし、おじいさんでも容易《たやす》く飲み込めるようにした。

「食べやすいようにしておきましたから、少しでも口に入れてくださいね。体を温めましょう」

お茶を匙《さじ》で口に運んでいたお嫁さんの横に行きおじいさんに話しかけるが、反応が薄い。

「飲めていますか？」

「少しずつだけど」

くたくたに煮込んだ粥をお嫁さんに渡して食べさせてもらう。

おじいさんの口元をじっと見つめていると、しばらく咀嚼《そしゃく》してから飲み込んだ。

「よかった……。食べて体力を回復してください」

そう訴えると、おじいさんは初めて小さくうなずいた。

「麗華、ありがとう。医者に見せるのも大変だから、麗華がいてくれると助かるよ」

趙さんが安堵の胸を撫《な》で下ろしている。

「いえ。私にできることは限られていて、とてもお医者さまの代わりなど務まりません」

辺境の地であるがゆえ、この村には医者がいない。

歩いて五十分くらいのところに診てくれる医者はいるが、その距離を病人を連れていくのは至難の業。ましてや来てもらうのにはかなりのお金がかかり、細々と野菜を売って生計を立てている貧しいこの村の人たちが呼ぶのは、それまた不可能に近い。

実は私の両親もそうだった。もしかしたら医者に診せていれば今頃元気だったかもしれないが、それができなかった。

もともと料理が得意だった私は、父や母のように病に苦しむ人の力になりたくて、薬膳料理に関する書物をなけなしのお金で手に入れて学び始めた。今ではこうして体調を崩した人の家に呼ばれて、料理を振る舞うことを生業《なりわい》にしている。

といっても、誰かに師事したわけでもなく、ごく一部の知識しかない。しかし、医者に診てもらえない村の人には重宝されていて、あちらこちらから声がかかるようになった。

趙さんからお金をいただいたあと、自分の家に戻る。

「よくなるといいけど……」

私にできることはたかが知れている。もちろん看病の甲斐《かい》なく亡くなる人も多いので、自分の無力さを呪いたくなることもある。けれど回復する人もいるのだから、できる手伝いはしたい。

私は薬膳に関する書物に手を伸ばし、もう一度頭から読み始めた。

「あっ……」

数ページ進んだところで、劉伶さまの姿がふと頭をかすめる。

はっきりとは言えないけれど……彼には水毒《すいどく》の傾向があるような気がしてならない。

男とはいえすこぶる美形だったが、顔の輪郭がはっきりしておらず、むくんでいるように感じた。腎の働きが低下しているような。

といっても私は医者ではない。〝感じた〟だけであって空振りかもしれない。

「もう会う機会もないわね」

それに、もし水毒だったとしても旅人ならばもうこの村にはいないだろうし、私が関わることもない。

そう考えながら、その日は眠りについた。

翌朝は曇天《どんてん》。

しかし起きて一時間もすると雲が少なくなってきて、気持ちのいい朝となった。

もうすぐ春がやってくる。

寒い時期はどうしても風邪が蔓延《まんえん》し、体が冷えるせいか体調も下向きの人が多い。暖かくなってきたら減るといいのだけど。

昨日、大量の棗を消費したので、去年の秋に収穫して干してあった棗を持って趙さんのところに顔を出すと、お嫁さんが出てきた。

趙さんは畑に行っているという。

おじいさんは今朝も粥を口にしてくれたらしく、ひと安心だ。

「昨日はありがとう。棗も助かるわ」

「いいえ。おじいさんの今の状態だと、甘めのものや体を温めるもの……穀物や豆類、あとは生姜《しょうが》などがいいです。食欲が戻ってきたら、そうしたものを食べさせてあげてください。困ったら呼んでくださいね。もうお金はいただいたので、無料で参ります」

「そうさせてもらうわ」

私は小さく頭を下げて趙家をあとにした。

三年前、相次いで両親が亡くなってから、趙さんを含めて近所の人たちが私を家族のように見守って育ててくれた。困っていることは手を貸してくれたし、お金がなくて畑の野菜も尽きたときは、食べ物も分けてくれた。

趙さんがその野菜で調理をする私を見て、料理でお金を稼いだらどうかと勧めてくれて今がある。

だから本当なら無償で引き受けたいところだが、それでは私の生活が立ち行かなくてかえって迷惑をかけることになるので、最低限の対価はいただくことにしているのだ。


趙さんの家のあとは、私も自分の小さな畑に行くことにした。

ここではさまざまな野菜を育てている。といっても、売るために育てている人たちとは違い自分用なので小規模だ。

畑まで行くと、少し離れたところに立派な建物が見える。あそこは栄元帝が造らせた離宮で、静養のために使うということだったが、結局使われたことがない。

「まさか……」

昨日の劉伶さまたちは皇族の関係者で、離宮にやってきたとか？

そう考えると、あの上品なたたずまいも、村の人たちとは違う服装も納得がいく。

離宮は、皇帝が住居としている昇龍城より高地にあり涼しいということで避暑のために造られたのだが、もしかしてこの夏に訪れるつもりで下見に来た？

さまざまな憶測が頭を駆《か》け巡《めぐ》ったものの、私には縁遠い話だった。

しかし、昇龍城については村でも話題に上る。

香呂帝の後宮は、各地より有力者の娘や帝好みの美女ばかり集められていると聞く。とはいえ、三千人近くもいるのだからお目通りすらなかなか叶《かな》わず、帝のお手付きとなるのは皇后、そして数人から数十人の位の高い妃賓だけ。

たまたま帝が気に入った女官が寵愛《ちょうあい》を得ることはあれど確率的にはとても低く、あとはただの下働きだ。

しかも、後宮は皇帝以外は男子禁制。すべての女官は皇帝のものであり、一旦後宮に入ったら、皇帝が崩御でもされない限り出ることは許されない。

したがって身を焦がすような恋なんてできない。

後宮にいるのは女か、大切なものを切り落とし男の機能を失った、妃賓の身の回りの世話をする宦官だけなのだ。

しかも、女の世界は恐ろしいと聞く。皇帝の男児を身ごもれば将来の皇帝の母となる可能性があるのだから、その権力争いはすさまじく、帝の寵愛を得られそうな女官が不審死したり、生まれたばかりの赤子が死んだりなんていうこともよくあるのだとか。

私には関係ない話ではあるけれど、そんな噂を聞くたびに、たとえ衣食住を保障されたとしても後宮には絶対に行きたくないと思った。

「私にはこの野菜たちがいればいいわ」

両親もいなくなり、寂しくないと言ったら嘘になる。しかし、趙さんのおかげで身を立てる術を手にすることができたので、将来にわたりひっそりとこの地で暮らしていければいい。

あっ、欲を言えば素敵な男性と恋を……なんてかすかな希望は捨ててはいないけれど。

そんなことを考えていると、劉伶さまの顔がふと浮かび、顔が熱くなるのを感じた。

「あらっ、陽盛《ようせい》かしら?」

陽盛というのは、臓腑機能が亢進して体が火照《ほて》り、イライラすることが多い体質のことだ。

でも、特にいらだつこともないし……。

まあ調子も悪くないし、あまり気にしないでおこう。

畑にはさやえんどうがたくさん育っている。

さやえんどうは、臓腑機能が低下して虚弱の症状が表れる気虚や水毒の状態の人によい野菜で、胃の状態をよくしたりむくみを解消したりする。

頭の中で学んだことを復習していると、再び劉伶さまのことを思い出した。

「水毒じゃないわよね……」

声ははつらつとしていたし、元気そうに見えた。ただ少しむくみを感じただけ。

そもそも水毒は病ではなく体の状態を示しているだけなので、元気で暮らしていれば特に問題はない。

「他に水毒にいいのは……。この時期だと、うどとか？」

少し山に入ったところに、うどが自生しているはずだ。

劉伶さまに会うことは二度とないと思いながら、なぜか足は山に向いていた。


太くて立派なうどを持ち帰り簡単に昼食を済ませた頃、「すみません」と外から男の人の声がする。

誰か体調を崩したのだろうか。

慌てて建付けの悪い扉を思いきり引いて開けると、そこには玄峰さんと博文さんが立っていた。

「はっ！　どうされました？」

もう二度と会わないと思っていた人たちが再び目の前にいることで、動揺して声が上ずる。

「突然すみません。昨日こちらの家から麗華さんが出てこられたのを見かけましたので、助けていただきたくてお邪魔しました」

「助けて、と言いますと？」

「はい。この辺りに市場のようなところがあれば教えていただきたいのです。あっ、それと料理を作ってくれる方も求めているのですが……」

博文さんが片方の口角を少しだけ上げて微笑み、しかし一方では眉根を寄せるという、困惑が入り混じった表情で尋ねてくる。

この村には宿がない。だからてっきり通り過ぎるだけで別の村まで行ったと思ったけれど、昨晩はどこに寝所を確保したのだろう。

「市場にはご案内しますし、よろしければ私が料理も手伝いますが……。あの、昨晩はどちらに……」

疑問の感情をそのままぶつけると、博文さんが自分より背の高い玄峰さんにチラリと視線を送った。そしてふたりは視線を合わせ、声にならない会話を交わしているようだ。

「少し失礼します」

「えっ？　な、なんでしょう……」

扉の向こう側で話していたふたりが、粗末な家屋の中に足を踏み入れてくる。さらには玄峰さんがあんなに閉めにくい扉を一発でぴしゃりと閉めるので、これはもしや焦眉《しょうび》の急《きゅう》ではないかと息をすることも忘れる。

聞いてはいけないことを尋ねてしまったのだろうか。

顔をこわばらせて一歩二歩あとずさると、博文さんが再び口を開いた。

「玄峰、やはりお前は顔が怖いようだ。麗華さんの腰が今にも抜けそうではないか」

「あいにくと生まれつきなものでな」

ひどく不機嫌な玄峰さんは、たしかに劉伶さまや博文さんと比べたら、多少……いやかなり強面ではあるが、美形であることには変わりない。

「玄峰さんのお顔は、とても美麗ですよ？」

ふたりに貶《おとし》められる彼のことがかわいそうに思えてきて口を出すと、博文さんが小刻みに体を震わせている。

どうやら声をあげずに笑っているらしい。

「玄峰、赤面しているようだが？」

「してねぇよ」

「えっ、火照るのですか？　陽盛ではないですか？」

つい今しがたまで畏怖の念を抱いていたというのに、体調のことに言及されると前のめりになる。

「陽盛とは……。なにかで聞いたことがあるが」

玄峰さんが首を傾げるのを見て、不得要領な尋ね方だったと反省した。

「申し訳ありません。少々薬膳料理の勉強をしておりまして、陽盛とは体の状態のことを指します」

「麗華さん、薬膳料理の心得がおありなんですか？」

目を丸くして今までとは違う大きな声を出したのは博文さんだ。

見かけで判断するのはよくないが、色白で線の細い彼からこんな声を聞くとは思わなかった。

「心得というほどでは。少し知っている程度です」

拡大解釈をされては困る。あくまでかじった程度なのだから。

「玄峰、これは運命じゃないか？」

「さっさと連れていけばいいだろ」

「連れて？」

よからぬことに巻き込まれるのではと悟った私は、やはりあとずさる。

「玄峰！　麗華さんが震えている。その顔をしまえ」

「できるか！」

ふたりが小競《こぜ》り合いしているのを速くなる鼓動に気づきながら聞いていた。

「あぁ、申し訳ない。麗華さん、どうか話を聞いていただけないでしょうか。私は傍《ぼう》若無人《じゃくぶじん》な玄峰とは違います。麗華さんの意に反することは決していたしません」

どうやら博文さんには常識というものが備わっているようだが、簡単に信じることはできない。

無言で体をこわばらせていると、玄峰さんが口を開いた。

「なにもしねぇよ。するならもうとっくにしてる」

それも一理ある。

私は渋々納得することにした。

「お話、とは……？　よろしければどうぞ」

どうぞと椅子を勧めたものの、もうすでに勝手に家に上がり込まれているような気がしなくもない。

狭いふたり掛けの椅子に無理やり尻をはめ込ませるように座ったふたりは、「尻をすぼめよ」とか「触れるんじゃない」とか、また喧嘩をしている。

その様子が子供のじゃれ合いのようで微笑ましくて、今までの緊張が吹き飛んだ。

「狭くてすみません。棗入りの杜仲茶です」

あれから自分でも棗を浸しておいたので、それで作った杜仲茶を差し出した。

「恐縮です。棗が入っているのは初めてです」

博文さんがそう言いながら口に運ぶ。

「棗は胃腸にいいんです。他には不安を和らげる効果もあります」

「へぇ。それが薬膳料理のひとつですか」

「まぁ、これは料理とは言えませんが、そうです」

私と博文さんが会話をしている間に、玄峰さんが一気に飲み干した。

喉が渇いていたのだろうか。

棗には体を温める効果があるが、玄峰さんには冷やすもののほうがよかった気がする。彼の全身から熱を感じるのだ。……これも見かけ判断だけど。

「麗華さんは医学の心得もおありで？」

「いえ、まったく。ただ、この村には医者がおりませんので、体調を崩した方に薬膳料理を振る舞ったり、とるべき食べ物をお教えしたりはしております」

正直に告げると、博文さんが満足げな顔をしてうなずいた。

「その能力をお借りできませんか？　実は劉伶さまが少し体調を崩していて——」

「やはりそうでしたか」

博文さんの言葉を遮ると、玄峰さんが二度瞬きを繰り返したあと彼に視線を送った。するると博文さんは再び口を開く。

「お気づきだったんですか？」

「あっ、いえ……。劉伶さまのお顔が少しむくんでいるような気がして、水毒の状態ではないかと感じたもので」

最後は声が小さくなる。

これは完全なる直感であって、当たるも八卦当たらぬも八卦程度のものだからだ。

珍しく玄峰さんが口を挟んだ。

「水毒とは？」

「腎が弱っていることが多いのですが、代謝が悪くて体内に水が溜まっている状態です。こういうときは朝起きられなかったり、立ちくらみがしたりなんていうことがよくあります」

「その通りだ」

玄峰さんが自分の膝をパンと叩いた。

「その通りと言いますと、劉伶さまが？」

「そう。もともと朝は強い人じゃないが、最近はますます寝起きが悪い。それに、ときどきふわっと倒れそうになることがあるのだ。空元気が好きな人だから、俺たちの前では虚勢を張っているんだろうな」

虚勢って……。たしかに元気そうだったが、実は違うということか。

続けて博文さんも口を開く。

「実は私たち、わけあって離宮に滞在することになりまして」

「離宮!?」

もしかして……なんて頭をよぎったけれど、本当にそうだったなんて。でもそれじゃあ、皇族関係の高貴な人たちなんだわ。

「申し訳ございません。なにも知らずにこのような汚いところでおもてなしなど……」

「私たちが押しかけたんですよ」

博文さんは頬を緩める。

たしかにそうではあるけれど。

「ただ、このことは内密にお願いしたい」

〝わけあって〟と濁したということは〝聞くな〟と同義語なのだろう。

香呂帝が渡られる準備なのかもしれないが、私が聞いたところで関係がないし黙ってうなずくことにした。

「……承知しました」

「生活をするにあたり、食べ物の確保をせねばなりません。それで昨日この辺りに市場がないか散策していたのですが見当たらず、お聞きしました」

なるほど、一、二日の滞在ではないということか。

「市は歩いて二十分ほどのところにあります。この村は野菜が豊富に取れますので、市では肉や魚類を手に入れることが多いです。あとは漢方食材なども。私も欲しいものがありますので、よろしければ早速ご案内します」

食べ物は大切だ。野菜を分けることはできても、この若い男たちには肉や魚も必要だろう。

そんなことを口にしながら、先ほど採ってきたうどを劉伶さまに食べさせてあげたいと考えていた。

私たちはそれからすぐに出発した。

市場に到着すると、趙さんが野菜を売りに来ている。

「麗華じゃないか。今朝、棗を届けてくれたんだって？」

「はい。棗は売るほどありますので」

秋になると裏山にたくさんなるので、それを天日干しにして保存してある。それこそ市場で売ればいいのだが、村の人たちのために取っておきたい。

「ん？　見慣れない顔だね」

趙さんはすぐに玄峰さんと博文さんに気がついた。

まあ、身なりも整い眉目秀麗《びもくしゅうれい》であるふたりは、否応《いやおう》なしに目立ってはいるけれど。

「あっ、えーっと……」

なんと説明したらいいのだろう。離宮の話はしてはいけないようだし。

「初めまして。私たちは麗華さんの料理の腕を聞きつけて、近くの街から参ったものです。彼女に私たちの主《あるじ》の料理番を務めていただきたいとお願いに上がった次第でして」

主というのは劉伶さまのことか。主というより仲間という感じではあったが、たしかにもっとも貴顕紳士《きけんしんし》であるように感じたのは認める。

「なんと。麗華、すごいじゃないか。麗華は本当にいい子でして。両親を亡くしてからひたすら頑張ってきました。料理の腕も一流です。どうかよろしくお願いします」

趙さんが私のために頭を下げるのを見て、目頭が熱くなる。

両親を亡くしてからたくさん迷惑をかけたのに。

露命をつなぐことができたのは、近間の人たちのおかげだ。

「麗華さんの料理は私たちも楽しみです」

博文さんは目を弓なりにして微笑み、玄峰さんは「はい」とぶっきらぼうに小さく頭を下げた。

「趙さん、野菜をいただいても？」

「もちろんだ。でも麗華には家で分けてあげるよ」

代金はいらないと言っているのだ。

「私たちがお支払いします。あなたの働きに見合った代金をお支払いしなければ、経済というものが動きません」

博文さんがすぐに口を挟む。

経済というものがどんなものなのかはよくわからないが、お金が流通するということとだろう。趙さんは野菜を売って肉を買う。肉屋は別のものをと、つながっていくだろうから。

「それはありがたい」

趙さんからは緑豆とにらを買い、他から大蒜《にんにく》、ゆり根などの野菜と、鶏卵、鶏肉、海老などの肉、魚類。そして高麗人参、陳皮、枸杞《くこ》の実といった漢方食材をたっぷりと買い込んだ。

いつもはもっと吟味して買うものを絞るのだけど、博文さんが「それもね」とさっさとお金を払うので、莫大な量になる。

しかも、力持ちの玄峰さんがそれらを軽々と運んでくれたので、今までで一番楽な、そして贅沢な買い物だった。

村に戻ると、そのまま離宮に向かうことになった。

なんと村の外れに馬がつながれており、博文さんの馬に乗せてもらう。もちろん手綱はうしろに座る博文さんが持ち、私は初めての乗馬に「うおっ」とか「わわっ」とか叫んでいるばかりだった。

馬がいるなら市場にも乗っていけばよかったのにと思ったけれど、これ以上目立ちたくないのかもしれない。

離宮の大きな門の前に立つと、妙な緊張に襲われる。

後宮ではないので出られないわけではないし、料理を作ったらすぐに戻るつもりだが、後宮に入る女性の覚悟を耳にしていたのでそんな気分になったのだ。

玄峰さんが重そうな扉を開くと、ギギギーッと音を立てる。ずっと使われていなかったので蝶番が錆《さび》ついているのかもしれない。

目の前には開いた口がふさがらなくなるほどの大きな宮殿があった。

左右対称の建物は光沢のある瑠璃瓦《るりがわら》が印象的。朱色の柱ときらびやかな装飾の数々に気圧されて息をするのも忘れそうだ。

皇帝の住まいである昇龍城は見たことすらないけれど、離宮でもこの規模なのだからとてつもなく立派なのだろう。

「こちらへ」

門の中に足を踏み入れたふたりはすぐに馬を大きな木に結び、私を促した。

博文さんはすこぶる気がつく人だ。私が顔をこわばらせているのを見て、「他には劉伶さましかいませんのでご安心を」と付け加えた。

「あのっ、劉伶さまはおふたりの主でいらっしゃるんですか？」

「劉伶さまは私たちより位が上です。ですが、よそよそしくされるのを嫌うので私たちも余計な気遣いをすることはありません。普通に接していただいて結構です」

よかった。高貴な人の前でどう振る舞ったらいいのかと心配していたからだ。

皇帝が後宮に下られるときは、女官は常に顔を伏せるのが礼儀で、皇帝の顔を拝見することも叶わないと聞いたことがある。

もしかして劉伶さまがそれに近い存在だったら……と心配だったが、昨日普通に歩いていたし多分違うのだろう。

前に博文さん、そしてうしろに玄峰さん。三人縦に並んで廊下を進む。とある大きな扉の前で、博文さんの足が止まった。

「まずは劉伶さまの加減を診ていただきたい」

そんなに悪いのだろうか。それならば医者を呼んだほうがいい。お金はありそうだし……と思ったけれど、一度話をしてみてからでもいいかもしれないと思い直してうなずいた。

博文さんが扉をトントントンと三度叩くが、応答がない。

「博文です。入りますよ」

だからか博文さんは勝手に扉を開けて房に足を踏み入れた。

なんて広いの？

私も続いたその部屋は、私の家がすっぽり三つ、四つは入ってしまいそう。これがひと部屋なのだから、顎が外れそうだった。

しかし唖然《あぜん》としているのも束の間。「はぁー」という博文さんの大きな溜息で我に返る。

彼は片隅に置かれた寝台の上で寝息を立てている劉伶さまに近づいた。

「起きているんでしょ。麗華さんですよ」

「麗華さん⁉」

博文さんの言う通りだった。劉伶さまは寝たふりをしていただけのようで、飛び起きた。

長めの前髪が顔にかかり、それをかきあげる様子が妙に色気を漂わせていて、心臓が大きな音を立てる。昨日とは違い、薄手の袍を纏い軽く帯を締めただけの姿に、恥ずかしくなった。

それほど体調が悪そうには見えないが、やはりよく見ると顔がむくんでいる。

しかし、この程度なら医者はいらないかもしれない。

「麗華さんが市場を案内してくださいました。それに、薬膳料理の心得があるそうで作っていただけると」

博文さんがそう伝えるのに合わせて「買い込んできたぞ」と玄峰さんが手に持っている食材を差し出した。

「やっとうまい飯にありつける。麗華さん、調理をしてくれるなんて君は仏か！」

劉伶さまが興奮気味に言い放つ。

昨日からなにも食べてないのかしら。市場がわからず食事を抜いたってこと？

それにしても〝仏〟というのは言いすぎだ。

「劉伶さまの体調がすぐれないのは、水毒ではないかとおっしゃっています」

「水毒？」

博文さんの言葉に劉伶さまは端整な顔をゆがめ、その視線を鋭くした。

「体の状態のことです。腎が弱っているため、代謝が悪くなり体内に水が溜まっている状態なのではないかと。舌を見せていただけませんか？」

願い出ると、彼は一瞬、博文さんに視線を移した。そして博文さんが小さくうなずくのを確認したあと、口を開けて舌を出す。

私は近づいてまじまじと見つめた。

「やはり、水毒かもしれません。舌の両側に歯の痕が残っていますよね」

そう伝えると、玄峰さんも覗き込む。

「本当だな。凹凸がある」

「これは水毒の状態のときによく見られます。腎の状態を整えて、体から余計な水分を抜きましょう。それで幾分かは体調もよくなるかと」

私の発言に劉伶さまは目を大きくしている。

「麗華さんって、医者なの？」

「いえ、ただの村人です」

「村人って……」

劉伶さまがとてもおかしそうに笑みを漏らすので安堵した。

もっと体調が悪いと思っていたからだ。

「早速ですが、調理をさせていただきます」

「うん、お願い」

それから私は玄峰さんに案内されて厨房に向かった。

これまた広すぎる厨房は、二十人くらいの料理人が作業をしても余裕ではないかと思える。

私はまず水分の排泄を促す陳皮を酒につけて、陳皮酒を作った。

これはしばらく寝かせておいて、はちみつを加えて飲んでもらおうと思う。

その次に胃腸の働きを助けるという鶏肉を、臭みを取るために生姜と葱を加えて茹でて一旦取り出した。この汁を使い、肝や腎の働きを高める枸杞の実を入れた米で粥をこしらえる。

それが煮える間に、体内の新陳代謝を高めて解毒や発汗の作用があるうどを準備する。うどの根は独活《どっかつ》という漢方薬でもある。

先ほどの鶏肉とうどを合わせて生抽《しょうゆ》と黒砂糖、湯《たん》を少し加えて煮込む。

これで二品。

次は腎の働きを助ける海老を叩いて生姜と混ぜ、団子にする。

海老には体を温める効果もある。

そしてこれまた腎機能を高めて疲労回復に役立つにらと一緒に、鶏から取った湯で煮込み、塩で味付けをした。塩だけというごく単純な味付けだが、鶏や海老から出る旨味で十分おいしい。

そしてもう一品。

利尿と解毒作用がある緑豆を手にして、市場でも手に入った南瓜と共に、やはり生抽と黒砂糖で炊いた。

あとは明日以降のために、高麗人参や小豆などを水に浸して戻す準備をしたあと、棚にびっしり用意されていた立派な器に盛り付ける。

「どうしたらいいんだろう……」

三人分こしらえたので結構な量だ。ひとりでは運べないし、あの部屋に持っていけばいいのかもわからない。

どうすべきか聞くために劉伶さまの部屋に向かった。

扉を叩こうとすると、中から三人の話し声が聞こえてくる。

「それで、他に情報は？」

「まだ無理です。もう少し時間をください。慎重に進めなければ」

劉伶さまのあとに博文さんの声がする。

なんの情報だろう。

「そうだな。しばらくはゆっくりしよう。体を整えないと。でも麗華さんに水毒と言われて驚いたよ。毒を盛られたことに気づかれたかと思った」

「えっ！」

しまった。劉伶さまの発言があまりに衝撃で、声を出してしまった。

するとすぐに扉が開き、玄峰さんが私をにらむ。

「す、すみません。立ち聞きするつもりは……。お料理ができたのでどうすればいいのかと」

なにかわけがあって離宮に滞在しているのは承知済みだが、毒を盛られるというような強烈な言葉が出てくるとは思わなかった。

「玄峰、運んで。麗華さん、ちょっとこちらへ」

劉伶さまの表情は柔らかいが、私は焦燥感に駆られていた。

聞いてはいけないことだったのならば、殺される？

「……はい」

私が戸惑う間に、玄峰さんは厨房のほうへと歩いていく。

「ごめん。玄峰の顔だけじゃなくて、怖がらせてばかりだね」

私の足がすくんでいることに気がついた劉伶さまは、自分が立ち上がって歩み寄ってきた。

「心配しないで。殺めたりはしないよ。俺は争い事を好まないんだ」

彼は目前まで来て私の目線に合うように腰を折り、口角を上げてみせる。その瞳からは怒気は感じられず、気持ちが落ち着いた。と同時に、間近で見つめられていることに気がつき、全身の火照りを感じる。

昨日と同じ症状だわ。やはり陽盛かしら。

そんなことを考えていると、「座って話そう」と手を引かれた。すると今度は胸が苦しく感じる。

やはり病？

ううん、男性に触れられたことなんてないから緊張しているんだわ。

「麗華さんはここ」

彼は寝台から少し離れたところにある椅子に私を座らせた。

大きな卓子を囲むように八脚の椅子が置かれている。ここで食事をするのかも。

劉伶さまは私の対面に、そして博文さんはその隣に腰を下ろした。

「毒なんて驚かせたね。実は俺、とあることで毒を盛られてしまったんだ。まあ、なんとなくそうかなと思ったから、口に含んだだけで吐き出したけど」

どうして？　毒を疑ったのであれば、口にしないでしょ、普通。

「夕食の羹《あつもの》に、ふぐ毒あたりが仕込まれていたようだ。俺のところに運んでくれた人が小刻みに震えていてね。俺がその羹に手を伸ばしたら、震えがひどくなって。それでわかったんだけど」

「わかったら飲まないですよね？」

もう聞いていられなくて口を開いた。

「そうだね。でも彼、別の人間に強制されていたんだよ。俺、こんなんでも昇龍城で文官を務めていたんだ。あっ、博文もそうだけど」

文官って……とんでもなく賢い人のことだ。たしか科挙という、一生かけても合格できない人が続出するという超難関の試験を通過した者だけがなれるはず。

「ちなみに玄峰は違うから。彼は武官のほう」

それはとてもしっくりくる。なんとなく科挙を通過したとは思えない。失礼だけど。

「劉伶さまは科挙も武挙も最高位の成績で通過しています」

「え！」

ということは、劉伶さまは文官でありながら武官でもあるの？

しかも、最高位ってとんでもない逸材なんだ。

「まあ、それはいいじゃないか。話を戻すね。それで、それなりに認められていた俺を蹴落としたい人間がいたんだろうね。食事を運んできた彼はうまくいっても死罪。失敗しても口封じに殺される。どちらにしても自分の命をかけた行為だったってことだ。それでもやらなければならないと、彼を追い詰めた人間がいるんだなと」

瞬時にそんなふうに考えられるのは、やはり明敏《めいびん》な頭脳を持っているからだろうか。

とはいえ、自分の命が危ういときにそれほど冷静でいられるとは。

「だからといって、劉伶さまが毒を口に含むなんて……」

「うん。実はかなり迷った。俺だって死にたいわけじゃないからね。それで、口に含んで『味が薄い』と吐き出したんだ」

そうか。そうすれば味の好みが合わなかったということで済む。料理を運んできた人の責任ではなくなる。

「でも、少しやられてしまってね。それでそれから調子が悪くて、静養に来たんだよ」

彼はよどむことなく話し終えると、一瞬博文さんと目を合わせる。

それになんの意味があるのかわからなかったが、玄峰さんが食事を持ってきたので話が途切れた。

「麗華さん、三人分しかないが？」

「はい。私はもう帰ろうかと」

玄峰さんに答えると、劉伶さまが小さく首を横に振る。

「麗華さんも食べるんだよ。まさか、作らせて追い出すなんてありえない」

そうだったの？

でもこれは、博文さんが出したお金で買ったものだ。

「私には贅沢ですから。冷めないうちに――」

「玄峰、麗華さんの分の器を持ってきて」

私の発言を遮る劉伶さまは、「早く」と急かす。

「でも……」

「俺、その事件があってから食事をするのが苦痛になってね。食欲も湧かないし、博文か玄峰の作ったものしか口にできなくなった。ところがこれがまずくて」

まずいとはっきり言うものだから、博文さんの眉が上がる。

「劉伶さまの作ったもののもまずいですが？」

「あはは」

この三人は本当に信頼し合っているんだろうな。

「仲がよろしいんですね」

「そうだね。刎頸《ふんけい》の友ってやつかな？」

「刎頸？」

学がない私には意味がわからない。

「博文や玄峰のためなら首をはねられても後悔しないってこと」

「首！」

先ほどから生々しい発言ばかりで卒倒しそうだ。

「劉伶さま、言葉を選んでください。麗華さん、たとえですから」

博文さんにそう言われて、やっと酸素が肺に入ってきた。

そこに玄峰さんが戻ってきた。

彼から私用の器を受け取った劉伶さまは、どうするのかと思っていたら、なんと三人の器から少しずつ取り分けている。

「あぁっ、私がやります」

「それじゃ麗華さんは粥を分けて。皆でやれば早い」

こんなことなら用意しておけばよかった。

「うまそうだ」

食欲がなかったという劉伶さまが目を輝かせているのを見て、ほっとした。

「でも今日の料理は、劉伶さまの水毒を解消するためのものですので、物足りないかもしれません。腎に作用したり水分を排出したりする効果がある料理ばかりです」

「いつもそんなことを考えて作っているの？」

「いえ。ちょっと体調が悪いなと思えば、それに効きそうな食材をとるようにはしていますが、いつもはここまで注意しません。食事はおいしく食べるのが一番いいと思うんです。ただ、弱っている方にはそれなりのものを用意します」

劉伶さまの質問に答えると、私の隣に座った玄峰さんが「へぇ」と感嘆の溜息を漏らしている。

「玄峰より賢そうですね」

「うるさいな、博文」

ふたりのやり取りにくすっと笑った劉伶さまは、早速匙を手にした。

「あっ、待ってください。私が毒見をします」

もちろん毒なんて入っていない。けれども先ほどの話を聞いたら、それを証明したほうがいい気がした。

「そんな必要はない。そうしたことが嫌でここに来たのだし、麗華さんは俺を殺めてもなんの得もないじゃないか」

「それはそうですが……」

得、か……。この三人、お金はたくさん持っていそうだし、三人とも殺めてそれを手に入れたいと思う可能性だってある。

「でも、やはり毒見します」

もう一度伝えて匙を手に取ると、劉伶さまが悲しげに首を振る。

「麗華さんを信頼したいんだ。もう誰かを疑ってばかりの生活は嫌なんだよ」

凛々《りり》しい眉をゆがめて小さな溜息を落とす劉伶さまを見て、心が痛い。

「面倒な奴らだな。腹が減ったから食うぞ」

すると突然口を挟んだ玄峰さんが、ためらいもなく粥を口に運んだ。

「おっ？　これ、普通の粥ではないな。味がしっかりとついている」

「鶏を炊いた湯で作ったんです」と説明している間に、劉伶さまも博文さんも料理に手をつけてしまった。

結局、毒見をすると言った私が最後だ。

「これはなに？」

笑顔で料理を口に運ぶ劉伶さまが尋ねてくる。

「それはうどです。少し苦みもありますが、血の流れを促す解毒作用が強い野菜です」

まさか毒を盛られているとは知らずに作ったが、ちょうどよかったのかもしれない。

「この羹もうまい。海老の団子がなかなか」

博文さんも目を細めた。

これほど褒められたことがないので、胸の奥がもぞもぞする。

それから三人はすさまじい勢いですべて食べつくした。

足りなかったかしら。

「はぁ、満足。こんなにうまい飯を食ったのは久々だよ」

劉伶さまがお腹を押さえて至福の表情を見せる。

どう見ても料理とは無縁そうな男たち三人の作った〝まずい〟という食事ばかりしてきたのだから、それに比べたらおいしかったのだろう。

「これで水毒っていうのがよくなっていくのなら、なんの苦労もないね。麗華さんの他の料理も食べてみたいな」

優しく微笑み私の目を見つめる劉伶さまは、そんなふうに言う。

「麗華さん、これからもお願いします。この味を知ったらまずい食事には戻れない」

博文さんまでも頭を下げる。

「まあ、食ってやるぞ」

そして最初に食べ終わっていた玄峰さんの少し偉そうな物言いに、博文さんが「玄峰！」とたしなめている。

「麗華さん、玄峰の分はもう作らなくていいから」

「劉伶さま、それはないだろ。うまかったよ。お願いします」

今度は素直に首を垂れる玄峰さんは、ちょっと照れ屋なのかもしれない。

「私でよければ」

そう答えると、劉伶さまが満面の笑みを浮かべた。

「それじゃあ、部屋を準備しよう」

「部屋？」

劉伶さまがなにを言っているのか理解できず首を傾げる。

「ん？　住み込みだよね。そうじゃないと朝飯も食えない」

「す、住み込み？」

たしかにこの宮殿は立派で、部屋なんていくらでも余っているだろう。私の住むぼろ家よりずっと快適だ。でも、ここに住むなんてありえない。

「あれ、違うのか」

あからさまに肩を落とす劉伶さまを見て、申し訳ない気分になる。

「畑もありますし、村の人の薬膳料理も作っているので……」

「そっか。でも夜遅くにあの森の中を帰すのは心配だな。玄峰をつけたとしてもね」

たしかに私の家からここまでは、森の中をひたすら三十分ほど歩かなければならない。馬に乗ればそれほどはかからないが、当然ひとりでは乗れない。

ふと窓の外に目をやると、もう月が上がっている。調理に集中して、時間が経つのも忘れていた。

「それならばここでお休みいただき、朝食を共にして一旦お帰りいただいては？　村の人たちの大切な医者を私たちだけが囲うわけにもいきません」

博文さんは私が医者でないのは承知しているはずだが、村に医者がいないことも話したのでそう言うのだろう。

「そうだね。どうかな、麗華さん。もちろん君の働きに見合った給金は支払うし、危害は誓って加えない。大切な食を提供してくれるのだから、絶対に」

劉伶さまも続いた。

お金をいただけるのはありがたい。村の人たちの体調不良を治すのに肉を用意したくても、お金がなくてできないこともあったからそれに使いたいのだ。

それに、危害を加えないというのも信用できる気がする。毒見を断った彼らは私のことを信頼しているようだし、それなら私も信頼したい。

「わかりました」

「よし決まり。玄峰、部屋を用意して」

あっさり了承の返事はしたものの、不安がまったくないわけではない。両親以外の人と寝食を共にしたことがないからだ。

けれども、先ほどの食べっぷり。

本当にまともな食事にありつけていないと伝わってきて、役に立ちたいとも感じた。

部屋の準備に行った玄峰さんの代わりに、劉伶さまと博文さんが器の片付けを手伝ってくれた。

「麗華はなんの料理が一番得意なの？」

唐突に〝麗華〟と呼ばれて目を丸くする。

「あぁ、ごめん。麗華じゃ駄目かな。仲良くなったらそう呼ぶものだろ？　俺は劉伶でいいよ」

わずかな時間を一緒に過ごしただけなのに、仲良くなったと認めてくれるの？

「劉伶さま、なれなれしいですよ」

博文さんが咎《とが》めるので、私は首を横に振った。

「いえ、麗華で十分ですが……。劉伶さまは劉伶さまで」

年上の男性を呼び捨てするなんて、緊張してうまく話せなくなる。

「あはは。それじゃそうしよう」

「でも、どうして私をそんなに信頼してくださるんですか？」

「毒見発言には驚いたからね。俺の話を聞いてとっさにそこまで気を回せるのがすごい。俺に食事を楽しませたいと思ったんだろ？」

さすがは文官だ。頭の回転が速い。

たしかに、最初に毒が入っていないことを証明すれば、びくびくしないで食事を楽しめると思った。

「……はい」

「そんな優しい人に悪い人はいないよ。博文は他人の心を読むのに長《た》けているんだが、彼も大丈夫だと感じているみたいだし」

彼らが時々視線を合わせるのは、そうした確認をしていたのかもしれない。

「そうでしたか」

信頼してもらえるのはありがたい。

厨房に器を置くと、博文さんが口を開く。

「劉伶さまは少しお休みください。片付けは私が手伝います」

「悪いね。それじゃあお願いするよ。麗華、困ったことがあれば言って。遠慮はいらない」

「ありがとうございます」

劉伶さまは「ごちそうさま」と言って戻っていった。

「博文さん、私がやりますので大丈夫です」

汚れた器に手を伸ばす彼を制する。すると彼は口を開いた。

「劉伶さまは、私たちのことを刎頸の友と言ってくれましたが、それほどの覚悟がなければ他人を信用できないところに身を置いていました。だから、安心して心を共有できる人を欲しているのです」

なんだかそれも悲しい話だ。少なくとも私は、身近な人に殺されるかもしれないなんて感情を抱いたことはない。

「正直、麗華さんを信頼していいものか迷いました。でも、劉伶さまは麗華さんは悪い人ではないと言い張るんです。市場で会った男性の話をしたからかもしれませんが」

趙さんのことだ。

「それに、食べ物を薬として扱う人が毒にはしないと。それでも、毒を盛られた経験がありますので慎重にと話したのですが、『麗華さんの目は濁っていたか？』と私に聞くんです」

私の、目？

「たしかにあのときの男は、どこかおどおどして瞳が曇っていました。劉伶さまはそれにいち早く気づき、毒だと見破ったのでしょう。でも麗華さんの瞳は間違いなく澄んでいた」

毒を仕込んだ男が震えていたと言っていたが、目からも嘘を読み取ったということか。

「そうだったんですね」

いつの間にか器を洗う手が止まっていた。

「失礼を承知で申します。劉伶さまはいろいろありましたので、刎頸の友が欲しくてたまらないのだと思います。四六時中誰かを疑って暮らすことに疲れているのでしょう。だから麗華さんのことも盲目的に信頼しようとしている」

「はい」

きっと博文さんの言う通りだ。

「私たちは劉伶さまを守りたい。だから相手が誰であろうと疑うことから始めます。玄峰がいち早く粥を口に運んだのも、そのせいかと」

そうか、玄峰さんはあんな言い方をしながらも毒見役を買って出たんだ。

「ただ、あなたが自ら毒見役をと言いだしたのには私も驚きました。そして、劉伶さまの人を見る目は正しいのかもしれないと。麗華さん、これからもよろしくお願いします。ここを頼んでもいいですか？　部屋の準備を手伝って参りますね」

博文さんはそう言い残して厨房を出ていった。

劉伶さまがそこまで信じているのだから決して裏切るなと、牽制されたような気もする。頭の切れる文官なのだから、今の発言にいろいろな意味を込めているはずだ。

と言われても……。

毒なんて扱ったことすらないし、もちろん彼らを殺めるつもりもない。それでもしお金が手に入ったとしても、この先の人生が後悔ばかりでは意味がなくなる。

「かわいそうなのかも」

文官や武官として皇帝に仕えていたということは、彗明国の限りなく頂点に近いところにいた人たちだ。おそらく、お金の苦労などもしたことがないだろう。

それなのに、私が当たり前にしているおいしい食事ができないなんて気の毒すぎる。

「頑張ろう」

劉伶さまの期待に応えられるように、そして三人に食事の楽しさを思い出させてあげたい。

そんなことを考えながら、再び器を洗いだした。

すべての片付けが済んだ頃、玄峰さんが来てくれた。

「明日、朝食のあと村まで馬で送る」

「助かります」

「それでは今夜はこちらへ」

玄峰さんが廊下を進んでいくので私も続いた。

「先ほどは毒見をしてくださったんですね。ありがとうございます」

彼の背中に語りかければ、足が止まる。

ゆっくり振り向いた玄峰さんは、驚愕やら疑義やらが入り混じったような複雑な形相で私を見ている。

「毒見をしたんだぞ。なぜそれに感謝する」

たしかに、疑われたということではある。けれど……。

「劉伶さまのお優しい気持ちを踏みにじらないように配慮してくださったんですよね。あそこで強引に私が食していれば、劉伶さまとの距離が離れた気がします」

信じると言われているのに、あの場で私が毒見をするということは、逆に私が劉伶さまの信じるという気持ちを信じていないことになる。

「珍しい考え方をするんだな。悪かった。だが、劉伶さまを逝《い》かせるつもりはないんだ」

「わかっています。おふたりが劉伶さまを大切に思われていることは十分伝わってきますから。私も、劉伶さまの気持ちを裏切らないように努めさせていただきます。あっ、食事はしばらく劉伶さまの毒を抜くための献立が多くなりますが、お元気になられたら玄峰さんのお好きなものも作りますね」

今晩も足りなかったように見えたし、もっと肉や魚を食べたいのではないだろうか。

この筋骨隆々の体を保つにはそれなりの源がいる。

「お、俺はいい。劉伶さまの好きなものを頼む」

やはり優しい人たちだ。玄峰さんも博文さんも。そして劉伶さまも。

心なしか頬が紅色に染まった彼は再び歩き始めた。そして着いたのは、劉伶さまの部屋にほど近い、とてもきれいな一室だった。

「ずっと使われていなかったから、風通しだけはしておいた。寝台も寝具も新しい。使ってくれ」

「ありがとうございます」

「この離宮には門はひとつだけ。あとは高い塀に囲まれ、なおかつ裏は断崖絶壁だ。

簡単に人は侵入できない。だから安心して眠れ。博文は劉伶さまの隣。俺は一番門に近い房だ。なにかあれば訪ねて」

私は門から遠くにしてもらえたようだ。

心配ないと言いつつも、有事に備えてなのだろう。

「ありがとうございます。おやすみなさい」

「あぁ」

ぶっきらぼうにそう言った玄峰さんは、すぐに出ていった。

寝台の上の朱色の衾《ふすま》にはきらびやかな刺繍《ししゅう》が施されていて、ひと目で一流の品だとわかる。

こんな素晴らしいものを纏うのは気が引けて恐る恐るくるまった。

緊張で眠れないかもしれないと思ったのに、今日はいろいろあったからしばらくすると眠りに落ちていった。

「麗華さん」

誰かが呼んでいる気がして目を開くと、月が南の高いところに昇っている。

「麗華さん、夜分にすみません」

この声は博文さんだ。私は急いで扉を開けた。

「起こして申し訳ない。劉伶さまが……」

「どうかされました？」

「来ていただけますか」

「はい」

静寂を緊張の糸が縫う。体調が急変でもしたのだろうか。

彼のあとに続いて足を速める。

「実は以前からなのですが……劉伶さまは夜中にうなされるのです。今も苦しそうにしています。もし麗華さんに診ていただいて原因がわかるならと思いまして」

「ですが、私は医者ではないので……」

体の不調に効きそうな食材で料理ができるだけであって、病の原因なんてわからない。

「承知しています。でも私たちにはお手上げでして。劉伶さまは弱音を吐くのが嫌いなので、翌朝はなんでもない顔をしています。ですが、見ているこちらがつらい。藁《わら》にも縋《すが》りたいのです」

「わかりました」

できることがあるならやってみよう。

毒のせいなのかもしれないが、夜だけうなされるというのは違う気もする。

劉伶さまの部屋の前に到着すると、たしかにうなり声がした。

「どうぞ」

博文さんが扉を開けたので早速足を踏み入れ、寝台に近づく。すると劉伶さまは、額にびっしょり汗をかいて苦悶の表情を浮かべていた。

「汗がすごい。ですが発汗は毒を排出する効果もありますので、必ずしも悪いわけではありません」

衾をはだけた彼は、薄い夜着が乱れて胸元が見え隠れしている。そこから武官の姿が垣間見えるような筋肉が露出していた。

「博文さん。布を水に浸して持ってきてください。発熱はないようですが、汗が皮膚に残ったままですと体が冷えます」

「わかりました」

博文さんはすぐに出ていき、代わりに玄峰さんがやってきた。

「劉伶さまはいつもこの調子なのですか？」

「そうだな。あの日からほぼ毎晩。毒が少しずつ抜けてくれればよくなると思ったんだが、元気にはなってもうなされることはなくならない」

大きな玄峰さんが肩をがっくりと落とす。

〝あの日〟というのは毒を盛られた日のことだろう。

「心に傷を負われているのではないでしょうか」

「心？」

昼の様子を見ていると、うなるほど具合が悪いとは思えない。あと考えられるのは心。

私も両親を立て続けに亡くしたあとは、しばらく熟睡というものからは遠ざかっていた。

「はい。眠りにつきやすいものを用意しましょう。ゆり根があったはず」

ゆり根は神経の高ぶりを抑え、不安感や不眠を和らげる効果がある。

そこへ博文さんが水の入った壺と布を持ってきた。私は布を水に浸して絞り、劉伶さまの額と首筋の汗を拭った。

「劉伶さま、皆ここにいますよ。なにも心配いりません」

そう話すと、彼のまぶたがかすかに動く。

聞こえている？

私はもう一度語りかけることにした。

「安心してお眠りください。あなたのことは皆で守ります」

今度はそう伝えながら彼の手を握る。

自分から触れるなんて普段なら羞恥心《しゅうちしん》に駆られてとてもできない。しかし今は、彼を楽にしたい一心だった。

人肌の温もりが心を癒《いや》すと信じて。

昔、母の手を握って眠っていたことを思い出したのだ。

するとそれが奏功したのか、苦しげなうめき声が消え、昼間の温容を取り戻した。

「落ち着かれたようですね。ゆり根を準備しようかと思いましたが、起こすのは忍びありません。このまま眠っていただきましょう」

もう一度額の汗を拭いながらふたりに伝える。

「そうですね。それでは麗華さんは房へ」

「このままここにいてはいけませんか？　また苦しみだしたらなだめて差し上げたい」

私の申し出にふたりは顔を見合わせている。しばらく交わす視線に言葉をのせているようだったが、博文さんが口を開いた。

「承知しました。しかし今晩は花冷えします。麗華さんまでも体調を崩さないように。

玄峰、衾をお持ちして」

「おぉ」

玄峰さんが出ていくと「私もここで見守ります」と博文さんが言う。

「いえ、もし信用していただけるなら私だけで十分です。家族が病に倒れたときは、交代で看病するのがいいんですよ。そうでないと全員が疲弊して結局病人のためにもなりません。明日、昼間はおふたりがお見守りください」

今までそうした家族を数多《あまた》見てきた。治癒まで長くかかる病であればあるほど、役割は分担したほうがいい。

「そう、ですか。それならばそういたしましょう。なにかあれば隣の房をお訪ねください」

どうやら信頼は得られているようだ。

それから玄峰さんが私の部屋から衾を持ってきてくれたので、それにくるまり椅子に腰かけたまま劉伶さまを見守った。

朝まで数回、彼はうなり声をあげた。けれどもそのたびに手を握ると、またすとんと眠りに落ちる。毎晩この調子だったのなら、随分睡眠が不足しているに違いない。

不眠というのは万病のもとでもあるので、体調がなかなか戻らないのはこのせいかもしれないと感じた。

「麗華」

ん？　呼んだ？

誰かが私を呼んでいる気がするが、眠り足りなくて目を開けたくない。しかし、ガクッと椅子から落ちそうになり、誰かに支えられた。

「危ないよ」

「あっ、劉伶さま！　お、おはようございます」

まぶたを持ち上げると、寝台に座った劉伶さまが身を乗り出してきて私の体を受けとめてくれていたので吃驚《きっきょう》した。

抱きしめられるような形になり、恥ずかしさのあまり慌てふためいた私は、離れて視線を逸らす。

ふと窓の外を見上げると、太陽がすでに上がっている。朝食を頼まれていたのに寝すぎてしまった。

「まさか麗華のほうが闖入《ちんにゅう》するとは。俺のこと、襲いに来たの？」

「襲いになど……。私には劉伶さまを殺める理由などありません！」

必死に訴えると、彼は呆然としている。

「あぁ、そっちの襲うね。それはまったく心配してない」

それじゃあ襲うって?

「夜伽《よとぎ》に来たのかと」

それを聞き、目が真ん丸になる。

「ち、ちち違います」

「そうみたいだね、残念」

残念ってどういうことだろう。

予測もしていなかったことを言いだされたせいで、頭が真っ白になり思考がまとまらない。

「食事を作らなくちゃ」

立ち上がると彼に腕を引きとめられた。

「ひと晩ついていてくれたんだね。久々に快眠できたよ」

あんなにうなっていたのに?

「ずっと眠れなかったんですか?」

「うん。漆黒《しっこく》の得体の知れないものが俺を殺しに来るんだ。逃げようと必死に走っているのに決まって蹌踉《よろ》めいてしまって。馬乗りになられて剣を振り下ろされそうになるところで目が覚める」

これはやはり心の問題だろう。毒を盛られるという凄惨《せいさん》な出来事の傷が癒えていないのだ。

「ここには博文さんと玄峰さん、そして私しかいません。誰も襲ったりしないし、皆で劉伶さまを守ります」

劉伶さまは極上の笑みを浮かべた。

「麗華、ありがとう」

「それでは」

妙に面映ゆくてそそくさと退室したあと、深呼吸をする。

劉伶さまと話していると、胸が苦しくなるのはどうしてかしら？　あれほどまでに美形の男性と話した経験がないから？

そんなことを考えながら、厨房に急いだ。

劉伶さまが不眠とわかったので、昨日作った陳皮酒にゆり根も放り込む。これが飲めるようになるのはまだまだ先だけど、就寝前に一杯飲んでもらうのもいいかもしれない。

それから朝食の準備だ。

昨日お湯につけておいた高麗人参が戻っている。高麗人参は高価なのでいつも使えるわけではないが、疲労の回復にはこれが一番いい。

残しておいた鶏肉と生姜、不老不死の薬とも言われる松の実、水毒にも効果的な椎茸を入れて米を煮込み、ほんの少し塩を効かせる。

これだけで立派な朝食になる。

しかし昨晩の食べっぷりを見ているので、もう少しお腹にたまるものをと、腎を養う豚肉を手にした。

どうしようか考えあぐね、肉を味噌につけることにした。しばらく置いておいたあと、解毒効果がある菜の花と一緒に炒める。

朝から肉なんて贅沢で私は食べたことがなく、いつもは粥くらいで済ませるが、これで大男たちの胃袋も満足するのではないだろうか。

もう少しでできあがるというところで玄峰さんがやってきた。

「いい匂いだ」

「おはようございます」

「おはよう。昨晩は助かった。今、博文が劉伶さまのところに顔を出したら、起きていたから驚いたと」

あぁ、そうだった。彼は寝起きが悪くなっているんだった。

「私より先に起きられていましたよ」

「それは珍しい。どれほどつっついても起きないのに」

深く眠れたので目覚めがよかったのかもしれない。

「今、お茶を淹れますので、先に料理を運んでいただけますか？」

「わかった」

彼は器に盛った料理の匂いを嗅いだあと、それを持って出ていった。

毒を早く排出したいので、代謝をよくする烏龍茶を淹れる。

毒を盛られた人の体調を整えるのは初めてなので、これでうまくいくのかどうかはわからないけれど、今はやるしかない。

磁器《じき》でできた茶壺にお茶を作り、茶杯《さはい》を四つ用意して、劉伶さまの部屋に向かった。

途中、厨房へ戻ってくる玄峰さんとすれ違うと、残りの料理を運んでくれると言う。

彼は働き者だ。

「お茶をお持ちしました」

「ありがとう、麗華」

昨日よりずっと顔の艶《つや》がいい劉伶さまを見て、私がしていることは間違ってはいないのかもしれないと胸を撫で下ろす。

「玄峰の食べっぷりを見たから、肉もたっぷりつけてくれたの？」

「それもありますが、肉は精をつけるものです。劉伶さまの体力回復にも必要かと思いまして」

私はお茶を茶杯に注ぎながら話す。

「麗華、薬膳は完璧だね」

「いえ、まったくです。なんとなくしか知りませんので、体が冷えているだろうときは温めるもの。そしてその逆。あとは胃腸を整えるものとか、水分を排出するものなどを知っているだけです。だから間違っていたらすみません」

薬膳料理はもっと奥が深い。弁証施膳《べんしょうせぜん》が重要だ。

漢方の理念に基づき、体調や症状、季節なども踏まえて献立を立てる。そして人間の生命活動に必要な〝気血水《きけっすい》〟を整える。

他にも陰陽五行《いんようごぎょう》説があり、それらの調和を取ることがよしとされているが、すべてを覚えて実践するのは本当に大変で、調理が嫌になってしまう。

なので、ほどよくその知識を使ってよさそうな料理を作っているだけ。

「でも、昨日より体が軽いよ」

「それはしっかり食事をされ、眠ることができたからでは？　食べることと寝ることは、人間にとって重要な活動ですから」

薬膳料理は薬ではない。そんなにすぐに効き目が表れるわけではないと思ったが、劉伶さまのむくみは多少引いているように感じる。

「そうか。大切なものがふたつとも欠けていたのか」

しみじみといった様子で劉伶さまがこぼすと、残りの料理を持った玄峰さんが現れた。

「それじゃあいただこう」

それを受け取った博文さんが私に一瞬視線を送ってから、いち早く粥を口に運んでいる。毒見だろう。

玄峰さんは豚肉に手をつけた。だから私は烏龍茶から。

これですべての毒見が終わる。

「なあ、もうやめよう。麗華が俺を殺めたいなら、昨晩とっくに手にかけている」

劉伶さまは毒見をしていることに気づいていたらしい。残りのふたりは顔をこわばらせた。

「麗華が付き添うことを博文が許可したのではないのか？　大変なときだけ信頼して、あとは疑うなんて失礼だ」

「そう、ですね。麗華さん申し訳ない」

博文さんに頭を下げられて慌てる。

「いえっ。毒見をしていただいたほうが私も安心すると言いますか……」

清廉潔白だと自ら証明するのは難しい。ふたりが毒見をしてくれるならそれでいい。

「な？　こんな人間が毒を盛るか？」

劉伶さまが念押しするように言うと、珍しく玄峰さんがにんまり笑った。

それから三人共に、どんどん食べ進んだ。

「はー、肉はいい」と玄峰さんが漏らせば、「肉ばかりでなく菜の花も食べなさい」と博文さんが母親のように注意している。

「この粥だけあれば、一日の栄養がとれそうだ」

「肉もいる」

「粥にも鶏が入ってるだろ」

劉伶さまの発言に、すぐさま「肉」と反応する玄峰さんがおかしくて、皆で笑い合う。

〝毒〟なんて震え上がるような発言で緊張もしたけれど、張り詰めていた空気が緩んだ。

「しかし、麗華の作る食事はうまい」

劉伶さまは機嫌よく粥を口に運ぶ。

それほど褒められるとは、欣快《きんかい》の至りだ。私でも役立つことがあるのだと。

「ありがとうございます」

「しかも昨晩はよく眠れたしなぁ。なにをしてくれたの？」

「あっ……。額の汗を拭って……」

『手を握りました』とは照れくさくてどうしても言いだせない。彼を安眠に誘いたくて尽瘁《じんすい》しただけではあるけれど。

歯切れが悪かったからか、博文さんが口を挟む。

「麗華さんは『なにも心配いりません』とおっしゃり、劉伶さまの手をしっかり握られていました。それで安心して眠りに落ちたのでしょう」

あぁ、知られてしまった。

きまりが悪くてうつむくと、「麗華」と聞いたことがないような艶やかな声で、劉伶さまに名前を呼ばれた。

「はい」

「ありがとう。君の手も料理も俺には救世主だ」

「そんな」

それは針小棒大《しんしょうぼうだい》というもの。けれども、頬が緩んだ。


朝食の片付けが終わると、玄峰さんが馬で村まで送り届けてくれた。

「お昼ご飯は大丈夫でしょうか？」

村に帰ってきたいと言ったのは私だが、心配になる。

「まずい飯なら作れる。夕刻に迎えに来る」

「まずいって……」

あまりに自信満々に言うので、噴き出しそうになりながら彼を見送った。


玄峰さんと別れてからは家に戻って料理を作り始める。そして、すぐに趙さんの家に向かった。

「こんにちは。調子はいかがですか？」

呼びかけるとお嫁さんがすぐに出てくる。

「麗華さん、わざわざありがとう。食欲が出てきたのよ。血色も戻ってきてる」

「よかった。もう一品作ってきたんです。もし食べられれば」

気虚のときに食べるといいと言われるじゃがいもと、離宮で分けてもらってきた鶏肉を細かく切って入れ、さらには高麗人参を加えて甘辛く煮たものを器に入れて持ってきた。

じゃがいもは崩れるほど軟らかく煮たし、肉も簡単に飲み込める大きさにしたので、おじいさんでも食べられるはず。

「助かるわ。あら、高麗人参じゃない？　こんなお高いもの……」

「私もいただいたんです。だからぜひ」

私はまだ温かい料理を渡して、趙さんの家を出た。

水毒にもじゃがいもはよかったはず。

そんなことを思い出し、家にたくさん常備してあるものを離宮に持っていこうと考えた。

それからは畑仕事。えんどう豆がたくさん収穫できた。そしてふと裏手にある竹林を見つめる。

「筍《たけのこ》、あるかな」

ちょうど収穫できる時期なはず。

筍は尿の出を促す食材で、水毒にも効果がある。筍を使って、もち米を炊こう。ゆり根も入れれば最高だ。

自分ひとりでは適当に済ませる食事も、誰かのために考えて作るのは楽しい。

突然の料理係だったが、それを楽しんでいる自分に気がついた。


夕刻になると、今度は博文さんが迎えに来た。どうやら玄峰さんは出かけているらしい。

「それはなんです？」

「今日収穫した野菜です。筍も見つけたんですよ」

探すのに苦労したものの見つけることができた。

「おぉ、あの歯ごたえが好きです。私たちでは調理できないからうれしい」

博文さんが昨日より警戒のない表情に見えるのは当て推量だろうか。

離宮に着くと、劉伶さまが出迎えてくれた。

「麗華、待ってたよ。久しぶりだね」

「朝ぶりですよ」

噴き出してしまったが、それほど私の到着を待ち望んでいたのだと思うと、頬が上気する。

また三人を料理で悦喜させたい。

「劉伶さまは調子がよくて、今日は昼間に眠りこけることもありませんでした」

なるほど。夜眠れない分、昼に睡眠を確保していたんだ。

「舌を出してください」

いきなりだけどそう伝えると、素直に出してくれた。

「また歯痕が残っていますね。でも食事を楽しみながら少しずつよくなるといいですね」

「うん」

食材に気を配るのも大事なことだが、まずはおいしくいただくということが大切だ。

厨房に向かうと、食材を運んでくれた博文さんだけでなく、劉伶さままでついてきた。

「俺が麗華を迎えに行くと言ったのに、博文が過保護で許してくれなかったんだよ」

「当然です。劉伶さまが迎えに来られるなら、私がひとりで来ます」

あなたは毒にあたっているのよ？

「なんだ、皆優しいんだな」

「わかっているなら、おとなしくしてください」

　博文さんにぴしゃりと叱られた劉伶さまは、先ほど出した舌をもう一度ぺろりと出した。

「見学していい？　ほら、麗華がいないときは自分たちで作らないといけないし」

「体はつらくありませんか？」

「うん。こんなに調子がいいのは久しぶりなんだ」

たしかに頬に赤みがさしているし、大丈夫かな。

「わかりました」

「うん。ね、これは？」

彼は陳皮ゆり根酒を指さす。

「陳皮とゆり根をつけたお酒です。ひと月ほど熟成させてからお召し上がりください。陳皮は新陳代謝を促すので毒の排出にも役立ちますし、ゆり根は不眠に効果があります」

「へぇ、楽しみだ。こっちは？」

今度はその隣を指さす。

「こちらは高麗人参と棗のお酒です。疲労回復にいいんです。これも熟成させなければなりませんが」

「麗華さんは本当に物知りですね」

博文さんが感心しているが、村の人たちの手当てをしていて徐々に身についた知識だ。

「博文。馬が駆ける音がする」

「玄峰ですね。失礼します」

私にはなんの音も聞こえないが、博文さんもわかったらしい。

「玄峰さんはどちらに？」

「えーっと、友人のところ？」

「友人？」

三人だけでひっそりと暮らしていくのかと思っていたので、少し意外だった。けれども友がいるのはよいことだ。

それから筍のあく抜きをしたり、いんげんを切ったりしていると、劉伶さまが「手際がいいね」と褒める。

「普通ですよ」

「麗華はあの村から出たことはないの？」

「はい。市場には行きますが、ずっとあそこで暮らしています」

他の村がどんなところなのかは知らない。それにここから数時間北上したところにある皇帝の住む昇龍城も、噂はよく聞くが本当のところは知る由もない。

「村から出てみたいとは思わない？」

「うーん。興味がないわけではありません。でも、近隣の人たちが私を家族のように大切にしてくれますし、贅沢はできませんけど楽しく暮らしているので十分です」

本音を伝えると彼は小さくうなずいた。

しばらくして、博文さんが劉伶さまを呼びに来た。どうやら馬の足音は正解だったらしく、玄峰さんが話があるとか。

ひとりになった私は、ひたすら調理を続けた。

今日は筍とゆり根、さらには鶏肉と緑豆を入れて、生抽、そして高麗人参をつけておいた酒を少し加えてもち米を炊く。

それから豚肉を細かく刻んで味噌と黒砂糖で煮て、別に茹でたじゃがいもと和えて、片栗粉でとじたそぼろ煮を作る。最後に水毒に効くさやえんどうを彩りよく添えた。

そして精神の安定をもたらす鶏卵をふわふわに焼いて一旦取り出し、大蒜を香ばしく炒めた油で、腎の働きを高めたり体を温めたりするにらと枸杞の実を手早く炒める。そのあと卵を戻して塩と砂糖で味を調えて一品。

「うまくできた」

残るは烏龍茶を淹れるだけ。

先にお茶を持ち劉伶さまの房を尋ねると、玄峰さんが扉を開けてくれた。彼はすぐに料理を運ぶために厨房に向かう。

「麗華、もうできたの？」

「はい。お昼がおいしくなかったと博文さんにお聞きしたので急ぎました」

「そうそう、まずくて」

劉伶さまは眉根を寄せ、大げさに肩をすくめてみせる。

その仕草で空気が和んだが、扉が開いたとき張り詰めたような空気を感じたのは勘繰りすぎだろうか。

お茶を淹れていると、博文さんも料理を取りに向かった。

「今日はゆり根が炊き込みご飯に入っています。不眠に効きますので食べてくださいね」

「ありがとう。でも、ゆり根より麗華の手がいいな」

それは彼が眠っている間、手を握っていろと言っているの？

「いえっ、それは……」

「麗華が握っていてくれれば、今晩もうなされずに済むような気がするんだ」

「それでは俺が握りましょう」

そのとき、ちょうど玄峰さんが入ってきてそんなことを言いだした。

「かえって悪夢を見そうだ」

心なしか肩を落とす劉伶さまは、ふてくされた顔。

この三人は私に比べたらずっと大人なのに、意外と無邪気な表情も見せる。それが親しみやすく感じる所以《ゆえん》なのかもしれない。

続いて、博文さんも残りの料理を持ってきた。

「劉伶さま、ここに皺《しわ》が寄っていますが？」

彼は目ざとい。劉伶さまの不機嫌に気づき、自分の眉間を指さしている。

「今宵も麗華に手を握っていてほしいと頼んだら、玄峰が握ると言うからだ」

「あっはは。それは妙案だ」

「博文まで！」

大笑いされた劉伶さまが、口を尖《とが》らせている。

それでも卓子にすべての料理が並ぶと、彼の目は輝いた。

「俺が最初に食べる」

そして私たちを制して、最初に炊き込みご飯を口に運んだ。

そうやって私への信頼を示しているとわかったので、胸がいっぱいになる。

今日は劉伶さまの行為を、残りのふたりも止めなかった。

「はー、うまい。昼飯はなんだったんだ」

感嘆の溜息をつく劉伶さまを見て、「もう食べるぞ」と玄峰さんがそわそわしている。お腹が減っているらしい。

「駄目と言いたいところだけど、どうぞ」

劉伶さまから許可が出ると、ふたりは一斉に食べ始めた。

三人ともしばらく「うまい」という発言しかしない。

私もご飯を口に運びながら多幸感に包まれていた。

私の作った料理が三人を喜ばせている。

両親を失ってから無我夢中で今日まで走ってきたけれど、こうして喜びを露《あら》わにされると生きていてよかったと感じられる。

半分くらい食べ進んだところで、ようやく博文さんが口を開いた。

「それで今晩ですが、本気で玄峰に手を握らせましょう」

「は？　それは勘弁してくれ」

劉伶さまが箸を落としかけて眉をひそめている。

「ですが、麗華さんは昨晩もまともに眠っていません。劉伶さまの睡眠も大切ですが、麗華さんの健康を損ねては料理を作ってもらえなくなります」

「それは困る」

即答する劉伶さまだけど、明らかに失意の表情を浮かべる。

「私、頑張ります」

「なりません。麗華さんが皆で交代しなければ全員が倒れるとおっしゃったではありませんか。その通りだと思ったので、私たちは房に戻ったんです」

博文さんが声を大にすると、劉伶さまが申し訳なさそうに口を開く。

「皆、ごめん。俺はひとりで大丈夫だから眠ってほしい」

劉伶さまの言葉に、あとのふたりは完全に食べるのをやめ黙り込んだ。

大丈夫なわけがない。あんなに苦しんでいたのに。

「隣で眠ってもらうか……」

静寂を破るように、博文さんがボソリとつぶやく。

その発言に劉伶さまは驚愕し、私は唖然とした。

「いや、さすがによくないな」

すぐさま否定した博文さんに、劉伶さまが首を横に振る。

「秘策中の秘策だ」

「劉伶さまがもっと信頼できる男ならば秘策でしたが」

博文さんは呆れ声で言い放ち、肩をすくめた。

「信頼しろ！　麗華の手にしか触れない」

「それはどうだか。やはり俺にしよう」

今度は玄峰さんがそう言い放つので、おかしくて噴き出してしまった。

「それでは、万が一のときは、もう二度と食事を作らないということでいかがでしょう」

私は口を挟んだ。

劉伶さまがあまりに真剣で、そして眠れないことが気の毒で、折衷案《せっちゅう》を出したつもりだったが、よく考えれば眉目秀麗な男性と閨《ねや》を共にするなんて大胆だと後悔した。

「決まったな」

しかし劉伶さまがパンと膝を叩き喜んでいるので、撤回できない。

「劉伶さま、頼みますよ。この食事が食べられないとなると……あの地獄が待っているんです。わかっていますね」

博文さんが思いきり顔をしかめている。

地獄と言うほど食生活がひどかったのだろうか。まあ、料理の心得のない男性が作ったものだから、なんとなく想像はできるけれど。

「もちろんだ。玄峰、ここに寝台を運んでくれ」

「わかりました。でも、なにかしでかしたら、劉伶さまを許さない」

この中で一番大食いの玄峰さんの鋭い視線が、劉伶さまを一刺ししている。

「わ、わかったよ。玄峰に殺されかねないから、誓う」

こうして私の添い寝が決定した。

食事も済み、今日は持ってきた夜着に着替えたあと、劉伶さまの部屋に向かう。扉の前に立ったはいいが、緊張で声をかけることができなくなった。

彼を助けたい一心だったけれど、夫婦でもないのに……と躊躇《ちゅうちょ》していると、「麗華、入っておいで」と中から声がする。

気づかれていたの？

あっ……。玄峰さんが帰ってきたときの馬蹄の音にも気づいたんだった。

耳が利くのかも。いや、命を狙われるような場所に身を置いていたので、常に気を張る癖がついているのだろう。

それはそれで不憫《ふびん》に思う。

「失礼します」

口から心臓が飛び出しそうになりながら、ゆっくりと扉を開けた。

劉伶さまは私に近づいてきて、「いらっしゃい」と手を差し出す。

「えっ？」

「お手をどうぞ」

「い、いえっ」

こんな美男子にそんな丁寧な扱いをされたら、卒倒しそうだ。

「大丈夫。手は許されてるから」

「でも」

まともに顔を見ることができずにうつむくと、彼のほうが私の手を握った。

「玄峰の手では駄目だ。やはりこの手でないと」

そうか。私の手は安眠を得るための道具なんだわ。私ったらひとりで舞い上がったりして。

「ゆり根の効果があるといいのですが」

「そうだね」

即効性があるわけではない。でも、効いてほしい。

「さぁ、こっちへ」

彼に促されて目を点にする。寝台がふたつ寄り添うように並べられていたからだ。私の寝台は隅に置かせてもらい、うなされたときだけ近寄って手を握るつもりだったのに、真横で眠るの?

「どうかした?」

「劉伶さま、これは……」

「あぁ、隣ならわざわざ起きてくる必要がないと思ってね。それとも、ひとつの寝台で寝る?」

なにを言っているのだろう。

「とんでもない!」

「なんだ。麗華がいいなら、博文に内緒でそうしようかと思ったのに」

どこまで本気なのか、彼は沈着の表情で言葉を紡ぐ。

言葉を失くして何度も首を横に振る私を見て、彼はくすっと笑みをこぼした。

少し強引に手を引かれて寝台に横たわると、劉伶さまは隣の寝台に寝転んだあと、すこぶる満足そうに私を見つめる。

こんなに間近で息をされると緊張する。といっても、呼吸をしないわけにはいかないし。

「はい」

それから彼は私に手を差し出した。

手をつないだまま眠るの？

「劉伶さまがうなされだしてから で……」

「夢見が悪いのは結構つらいんだ。ね？」

甘えるような声色で懇願されては断れない。思いきって手を出すと、優しく包み込むように握られた。

「おやすみ、麗華」

「おやすみなさい」

挨拶を交わしたあと、劉伶さまはすぐに目を閉じた。

窓から差し込む月明かりが、彼の端整な顔を淡く照らす。

長いまつげに、凛々しい一字眉。うめきを漏らす唇の色素は薄めだが形は整っている。まさかこれほど美麗な男性と一緒に眠りにつくなんて思ってもいなかった。

けれども、やはり安眠は大切だ。

私は彼の手の力が緩んだのを確認してから目を閉じた。


なんとその夜は、一度もうなり声を聞くことなくぐっすりと眠った。

「はっ」

明るくなっていることに気がつき目を覚ますと、隣で横たわる劉伶さまがまじまじと私の顔を見つめているので、驚き仰け反る。寝台から落ちそうになり、間一髪支えられた。

「危ないよ、麗華」

「だって」

「ありがとう。あれから、朝まで起きずに眠れたのは初めてだ」

〝あれから〟って、毒を盛られてから？

夜着の乱れを整えて寝台の上に座ると、彼もまた上半身を起こした。

顎周りが昨日よりもすっきりしているような。余計な水分が抜けてきているのかも。

「それは、よかったです。失礼します」

見られているのがいたたまれず、すさまじい勢いで部屋を飛び出すと、劉伶さまの笑い声が廊下まで聞こえてきた。


それから三人と私との奇妙な同居生活は半年続いた。

劉伶さまは薬膳料理が効いてきたのか夜中に苦しむことが減ってきて、もう手を握らなくても朝まで起きないということもある。けれども、添い寝はやめられない。まったくうなされないわけではなく、そのたびに手を握っているからだ。

――というのは多分言い訳で、他愛もない話をして過ごす彼との時間が楽しくて、離れがたくなったと言ったほうが正しい。

もちろん、そんなことを口に出しては言えないけれど。

劉伶さまは、毒を排出できたのか、はたまた安眠を確保できたからなのか、むくみも取れ、整った顔立ちがいっそう引き締まっている。舌の歯痕もすっかりなくなった。

実はひと月ほど前、体調を崩すことが多かった趙さんのおじいさんが再び臥《ふ》せり、その看病のために奔走《ほんそう》した。

そのとき、おじいさんの薬膳料理を作るための高麗人参をはじめ、高価で手に入りにくい鴨肉などを、劉伶さまが『麗華を育ててくれた人だから』と市場で手に入れ届けてくれたこともあった。

そのおかげかおじいさんは全快し、趙さん一家も劉伶さまたちに感謝している。

そんな劉伶さまたちと私の関係はよりいっそう深まり、私も離宮に行くのが楽しくてたまらない。

劉伶さまの体調がすっかり回復してからは、陳皮ゆり根酒などは続けているものの、特に効能を気にせずにたくさんの料理を振る舞ってきた。

劉伶さまはさまざまな食材を入れた炊き込みご飯や粥が好きで、特に鶏の湯を使って作ると、目を輝かせて「うまい」を連発する。他には花椒を効かせた辛い麻婆豆腐が大好物。

玄峰さんは牛肉と野菜を一緒に炒めて牡蠣油で味付けした青椒肉絲《チンジャオロース》を好む。まあ、肉を出せば大体笑顔なのだけど。

博文さんは海老が好きで、すり身を団子にして羹にするとあっという間に食べてしまう。

私は三人の穏やかな表情を見ているだけで、幸福な気持ちになれた。

しかし、秋の米の収穫の時期を迎えると、村の様子が激変した。

現皇帝の香呂帝が、贅沢な暮らしを維持し後宮をさらに大規模にするために、地方の国民にとんでもない税を吹っかけてきたのだ。

それは、野菜を売って細々と暮らしている人たちにはとても払えないもので、村の中では裕福なほうの趙さんですら「こんなことなら野菜や米を売りに行かないほうがましだ」とこぼすほど。

売っても売ってもむしり取られて、たまの贅沢と購入していた肉や魚は買えやしない。このままでは生活が困窮していく。

そのせいか、村の人たちからの薬膳料理の依頼も極端に減り、心が痛い。

「麗華は最近浮かない顔をしているね」

添い寝をするようになってから、寝る前のわずかな間の劉伶さまとの会話が楽しみになのに沈んでいてはもったいないと思いながらも口を開いた。

「そう、ですね。村の人たちが困っていて」

「税の件か……」

「はい。それによくない噂も聞いてしまったんです」

寝台に横たわって話していたのに、彼は起き上がった。だから私もそうする。

「禁軍のことか」

「ご存じなんですね」

「あぁ。香呂帝が西方にある国を手中に収めたくて、禁軍を強化すると言いだしたんだな」

私は大きくうなずいた。

「そうです。それで地方から兵士をかき集めていて、村の若い男子も連れていかれたんです。破格の報酬は提示されたようですが……」

「それは嘘だな。今の彗明国に支払える能力はない」

「そんな……。村も働き手が減って、どんどん困窮しているのに。その報酬がなければ、皆飢えてしまう」

彼に訴えてもどうにもならないことはわかっている。けれども、こういうときは弱者に皺寄せがいく。趙家のおじいさんのように病弱な人たちが食べ物を口にできなくなったら命すら危ないので、言葉が勝手にこぼれた。

劉伶さまは腕を組み、しばらく黙り込んだ。

「やはり、行くしかあるまいか……」

「行く？　どちらに？」

聞き返したのに彼はなにも言わない。

「麗華。お前は本当に優しいな。お前のおかげで久しく忘れていた穏やかな時間を過ごすことができたよ」

「劉伶さま、どうされたんですか？　いったいどちらに行かれるんです？」

「準備が整ったら、ここを離れる。村が困窮しないようにする。これは刎頸の友の約束だ」

彼が私のことを〝刎頸の友〟と口にしてくれたので、感動が胸に押し寄せる。

「ありがとうございます。でも、いなくなってしまわれるのですね」

村を救うと言っているのだからもっと喜悦すべきなのに一抹《いちまつ》の寂しさを感じるのは、三人との生活を失いたくないからだ。

「俺はとある役割から逃げてきたんだ。なによりも平穏な生活がしたくてね。だからこの半年は吉夢でも見ているかのようだったよ」

彼は核心をぼかす。

〝どこ〟に行くのかは言及しないし、その役割についても触れない。けれど、彼は安易な行動はしないと確信しているので、あえて聞かないことにした。

そもそもこの離宮にやってきた理由も知らないのだから。

「大国を成すには、隗《かい》より始めよだ。国民の生活を守れなければ、西方の国など手に入るわけがない。香呂帝の尸位素餐《しいそさん》をなんとかしなければ」

香呂帝の名が出てどきりとする。

劉伶さまたちが高貴な出だとはわかっている。でも、皇帝をなんとかできるほどなの？

噂では、官吏であっても香呂帝の意に反した者は処刑されたり昇龍城から追放されたりすることもあるという。誰も逆らうことが許されないほど高いところにいるお方だ。

不満が渦巻いていたとしても、飲み込むしかないのが私たち。

それなのに、なんとかできるの？

いや、簡単にそんなことができるはずもない。

「麗華、ここで見聞きしたことは決して話してはならない。お前の身の安全が危ぶまれるからね」

「私の？」

「あぁ。麗華は俺たち三人にとって、家族のような存在になった。お前がいたからこそ、ここでの生活が楽しくて、俺もこうして頑健《がんけん》な体を取り戻した。今度は俺たちが麗華の生活を守る番だ」

話すなと言われれば他言などしない。しかし、彼の発言の端々に強くそれでいて切羽詰まったような感情が見え隠れして、胸騒ぎが止まらない。

「また会えますよね」

「あぁ、もちろんだ」

彼の笑顔を見てようやく安堵の胸を撫で下ろした。

それから十日。

私たちは今までと変わりない生活を楽しんだ。

しかし、玄峰さんは私のいない昼間はどこかに出かけることが多いらしく、疲れが出たのか顔が火照り、舌が真っ赤になっている。

陽盛の状態である気がしたので、体の熱を抑える茄子と、彼の好きな牛肉を合わせて、生姜の効いたしぐれ煮を作ったり、熱を取り除く効果のある葛で葛茶を作って飲んでもらったりした。

するると、もともと体力がある彼はすぐによくなった。

そして、最後の朝を迎えた。

私はひとり劉伶さまの房に呼ばれ、彼と向き合う。いつもより彼の顔つきが精悍《せいかん》だと感じるのは、思い過ごしだろうか。

「麗華。今まで本当にありがとう。お前と出会えて俺は初めて幸福を知った」

「そんな……」

そんなふうに思っていたとは驚きだ。

「お前が誰かを元気にしたいと奔走する姿を見なければ、俺は逃げたまま生涯を閉じたかもしれない。だが、与えられた役割はまっとうすべきだと思い直した」

「それは、どう……」

その役割について聞きたくて途中まで口を開いたものの、その先は閉ざした。ずっと核心に触れないのには理由があると感じているからだ。

「お前は困った人がいると放っておけない性分らしい。それで助けられた俺が言うのもなんだが、自分も大切にしろ」

「劉伶さまもです。薬膳料理番がいなくなるんですから、いっそう体には気をつけてください」

「そうだな。また麗華と酒を酌み交わしたい」

彼は柔和な笑みを見せる。

「それに、この手も」

私の右手を不意に握った劉伶さまは、優しい手つきで撫でる。

なすがままにされていると、寂しさが胸にこみ上げてきて視界がにじむ。それに気づいた彼は、私を強く抱き寄せた。

添い寝を始めたとき、手以外には触れないと約束した彼にこうして抱きしめられたのは初めてだ。

それが別れのときだとは、なんて皮肉なのだろう。

「麗華、また必ず会おう。お前の作った料理はしばらくお預けだ。再会したときには、またあの麻婆豆腐を作ってくれ」

「はい。花椒の効いた、うーんと辛いのを作ります」

「あはは。食べられる程度にしてくれよ」

おどけた調子で答えるのに、私の背中に回った手には力がこもる。私は彼の腕の中でうなずきながら、必死に劉伶さまの上衣をつかんでいた。

――この手を離したら、いよいよお別れだ。

それからどれくらいそうしていただろう。

打ちひしがれていると、扉の向こうから博文さんの声がする。

「劉伶さま、そろそろ」

「わかった」

劉伶さまは返事をしたあと、もう一度私を強く抱きしめてから離れた。

「麗華。必ず元気でいてくれ」

「劉伶さまも」

「あぁ」

彼はこらえきれず流れた私の涙を大きな手でそっと拭ってから房を出ていった。

村まで送ると言われたものの、ここで見送ることにした。大泣きした顔で村には戻れない。しばらく気持ちを落ち着けたい。

半年の間、お世話になった離宮の門が、ギギギーッと音を立てて閉まる。

「麗華、それでは」

劉伶さまは私の右手を再び握って持ち上げたあと、なんと唇を押し付ける。

呼吸をすることもしばし忘れて彼を呆然と見つめると、切なさの混ざった複雑な表情で微笑んでいる。

きっとまた会える。

もう泣き顔は見せたくないと、私も口角を上げた。

それから三人の姿を見送りながら必死に涙をこらえた。けれども、とうとう見えなくなった瞬間、とめどなく涙があふれてきて止まらない。

「行かないで……」

劉伶さまの前で呑み込んだ言葉を吐き出したあと、手で顔を覆って思う存分惜別の涙を流した。

それから生活は元通り。

しかし、村の人たちは重い税と若い働き手を失ったことで疲弊していた。

そんな中、私は体調のよくない人たちに積極的に薬膳料理を振る舞い続けた。それができたのも、劉伶さまが多額のお金を置いていってくれたから。『これで村の人たちを癒して』と託されたお金で、食材や漢方を買うことができたのだ。

そんな日が四カ月ほど経過した、はらはらと雪が舞う寒い朝。

「麗華、聞いたか?」

趙さんの家に、喉が痛いというお嫁さんのために菊花茶を届けると、趙さんに引きとめられた。

彼には三人は別の地に旅立ったと伝えてある。

「なにを？」

「香呂帝が崩御したそうだ。後宮は解散、軍も同様。若い連中が戻ってくる」

「崩御？」

ふと、『村が困窮しないようにする』と約束をして去った劉伶さまの顔が浮かんだ。

「あぁ。香呂帝の贅を尽くして国民を顧みない生活に嫌気がさしていた地方の有力者が、軍を率いて昇龍城を囲んだんだそうだ。それで、無理やり禁軍に登用されて給金も払われていなかった兵士たちも寝返って……結局は自刎《じふん》したらしい」

そんなことがあったんだ。

胸騒ぎがする。

劉伶さまたちはもしかしたらその戦いに加担しに行ったのかも。彼らは無事なのだろうか。

「それで、そのあとは？」

「なんでも香呂帝の腹違いの弟が皇帝の座に収まったらしい。反乱軍側の指揮を執った人物だそうだ。皇位簒奪《さんだつ》を企てるなんて、よほどの切れ者か実力者なんだろうな」

劉伶さまたちも、その人に誘われて昇龍城に向かった可能性がある。

どうか無事でいて……。

反乱軍が勝利を収めたのなら、戦で命を落としていない限り戻ってくるのでは？

私は期待を胸に、三人の無事をひたすら祈り続けた。


その冬は風邪が大流行し、私は村の各家を走り回った。

新しい皇帝――光龍帝《こうりゅうてい》は良識ある人らしく、税も以前の水準までに戻してくれたので、生活が楽になった家も多い。

とはいえ、高価な高麗人参などは購入する余裕がないため、劉伶さまにいただいたお金で用意して、酒と、苦さをごまかすためにはちみつにつけて各家に配って歩いた。

疲労回復には効果覿面《てきめん》だからだ。

高麗人参が手に入らないときは、玄峰さんにも飲んでもらった葛茶に棗を加えて。

これは頭痛にもいい。

都市では葛根湯《かっこんとう》という漢方薬が風邪によく効くと重宝がられているらしいが、それの代わりだ。

三人がいなくなったあと寂しさに胸を痛めてはいたけれど、こうして村の人たちの役に立てるのは私の誇りでもあった。

ようやく暖かな春の日差しを感じられるようになった頃。

馬に乗った武官が村に突然現れ、しかもなぜか私を探していると聞き慌てた。

「あなたが朱麗華さんですね」

「はい、そうです」

玄峰さんのようにたくましい腕。腰には剣が下げられていて、緊張が走る。

「あなたの薬膳料理の噂を聞きつけ、後宮で尚食《しょうしょく》として働いてほしいとお迎えに参りました」

予想に反して跪《ひざまず》き低姿勢で首を垂れる武官に吃驚したものの、それより後宮での仕事を打診されて衝撃を受ける。

「尚食？」

「いくつかある仕事のうちのひとつで、主に食事に携わる女官がいるところです。皇帝陛下の料理を担当していただきます」

食事に携われるのはうれしいけれど、あの後宮だよ？

一度入れば、光龍帝の崩御でもなければ二度と出られない。しかも陰謀渦巻く怖いところだと聞いているので、簡単に承諾などできるはずもない。

「いえ、私は俄知識《にわか》しかございません。とても役に立てるとは思えません」

瞬時に頭を働かせて断りの文言を考えたものの、もしかして後宮に行けば劉伶さまたちの消息がつかめる?と思い直す。

でも……恐ろしい場所として刷り込まれている後宮に行くなんて、やはり気が重い。

「麗華さんが後宮に来てくださるのなら、この村に医者を配置せよとの命を受けています」

「医者を?」

村の皆が待ち望んでいた医者が来てくれるの?

薬膳料理だけではどうにもならず、亡くなる人もいる。医者がいてくれたら……と何度思ったことか。

「この村に麗華さんは必要な人だと聞いています。ですから、代わりがいなければ後宮には来ないだろうと」

待って。どうしてそんなことを知っているの?

もしかして……。

「私を後宮に招いているのはどなたですか?」

「申し訳ございません。私も武官長から麗華さんを連れてくるようにと仰せつかっただけで、細かなことまではわかりません」

「そう、ですか……」

劉伶さまではないかと勘ぐったけれど、空振りだった。

どうしよう。

もしかして私を呼んだのが劉伶さまだったら、再会できるかもしれない。科挙、武挙試験を共に首位で通過した彼ならば、光龍帝に重用されている可能性もある。

でも、もし違ったら？

私の心は激しく揺れ動いた。

会いたい。彼が夜うなされていないかとても心配だし、なにより……あの添い寝がなくなって、寂寥感《せきりょうかん》を覚えているのは私のほうだから。

「私……」

「どうかお越しください。麗華さんを伴わなければ、私は帰るに帰れません」

武官はもう一度頭を下げる。

村に医者が来てくれたら、きっと助かる命がある。

それに……会いたい。劉伶さまに会いたい――。

それから三日。
私は考えに考えて、やはり村に医者は必要だと、結局承諾の返事をした。

　私は返事を待ってくれていた武官と共に旅立つことに決めた。

　お世話になった趙さんや近隣の人たちに後宮に向かうことを伝えると、私と同じように怖い場所だと認識していた彼らは、一様に私を止めた。

「後宮なんかに行かなくても、麗華はここで暮らせばいいじゃないか。お前はもう皆の家族みたいな存在なんだよ」

　趙さんに温かな言葉をかけられて、涙腺が緩む。

「ありがとうございます。でも村にお医者さまを手配してくださるんですよ」

「医者は本当に助かるが、麗華を犠牲にするようで……」

　顔をしかめる趙さんの気持ちがありがたかった。

「私、両親を亡くしてから村の皆さんの優しさに甘えて生きてきました。今度は恩返しをする番です。ですが心配しないでください。後宮でも料理の仕事ができるんですよ。嫌々行くわけではありません」

　本当は不安でいっぱいだったが、笑顔を作った。

昇龍城に行っても、劉伶さまたちに会える保証はどこにもない。料理ができるとはいえ、どんな扱いをされるのかもわからない。けれど、後宮入りを決めた以上は前を向いて歩いていく。

両親を亡くしてつらいことがあっても、自分にできることを必死にこなしていたら笑顔で暮らせるようになった。これからもそうするだけだ。

「麗華……。俺たちが寂しいよ」

趙さんが、うつむいて声を震わせた瞬間、私の頬にも惜別の涙が伝った。

でも、私は頬を拭って顔を上げる。

「今まで本当にお世話になりました。皆さんのことは、決して忘れません」

「俺たちも忘れない。元気で暮らせ、俺たちの娘よ」

趙さんの優しい言葉に再び涙がこぼれそうになったが、ぐっとこらえて笑顔で手を振った。

武官と共に、村から北へ歩いて八時間。

初めて昇龍城を目の当たりにして、足がすくむ。

目を凝らしても端がどこにあるのかわからないほど大きく高い塀に、言葉も出ない。

その壁の真ん中に、離宮を思わせるような、眩《まばゆ》いほどの朱色の壁に瑠璃瓦が印象的な大きな建物が君臨している。

「こちらに光龍帝がいらっしゃるのですか？」

「いえ、ここはただの門です」

私をここまで連れてきてくれた武官に尋ねると、驚愕の答えが返ってきた。

「門？」

軽く四、五十人は暮らせそうな規模なのに？

「はい。この先は政を司るいくつかの建物があり、その奥にまた門があります。光龍帝はその奥にお住まいになっており、後宮もそこにあります」

塀が高すぎて奥など見えないが、門がこれだけの規模なのだから後宮もさぞかし立派なのだろう。

「この南門は朱雀《すざく》。北は玄武《げんぶ》、そして東は青龍《せいりゅう》、西は白虎《びゃっこ》門です。ご存じかと思いますが、一度後宮に入られた女性は、外に出ることが叶いません」

覚悟してここまで来たつもりだったが、念押しされて緊張のあまり腹がぎゅっとつかまれたように痛くなる。

しかし、この中に劉伶さまがいるかもしれないと思うと、胸が躍るのもまた事実だった。

「文官や武官はこの中にいらっしゃるのですか？」

「はい。陛下の側近は、主にこれから通る途中の鳳凰殿《ほうおうでん》で働いております。しかし、後宮に入られたあとはお会いになることはないかと」

そうか。後宮は男子禁制。

劉伶さまにはやはり会えないんだ……。

村に医者を。そして、劉伶さまの無事を確認したい一心でここまで来た。しかも、もしかしたら後宮に来るように指示を出したのが劉伶さまではないかと一縷の望みを抱いていたが、やはり違うのかもしれない。

「ですが、光龍帝は側近の文官と武官と共に鳳凰殿の隣にある応龍殿《おうりゅうでん》で食事をされます。尚食の女官に限り、宦官とそちらに料理をお運びすることになりますので、もしかしたらお顔をご覧になるくらいの機会はあるのかもしれませんね」

それを聞き、希望が見えた。

今後は皇帝陛下に仕えるのだから、もう劉伶さまの手を握って添い寝なんて叶わない。でも、無事を確認したい。生きていてほしい。

「そうですか」

「それでは、参りましょう」

私は武官に促されて、朱雀門をくぐった。

「え……」

その先の世界に度肝を抜かれた。

朱雀門はやはりただの門だった。

周りをぐるりと塀で囲まれた恐ろしく広い敷地に、離宮と同じく朱色の壁と瑠璃瓦で統一された建物の数々が点在している。

「ここが鳳凰殿。その右側が応龍殿になります」

もしかしたらここに劉伶さまたちがいるかもしれないんだ。

「とりあえず進みましょう」

それらの立派な建物の横を通り先に進むと、大きな橋と朱雀門よりふた回り小さな門が視界に入る。

「この先が後宮です」

どうやら光龍帝の住居と後宮は、さらに周りを堀で囲まれているようだ。

これは敵の襲撃に備えたものなのかもしれないと、漠然と考えた。

ここが国の最後の砦《とりで》。私はそこに入るのだ。

橋を渡ると、扉の前に武官が数人武装して立っている。

「朱麗華さまだ。武官長の命により、本日より後宮入りする」

私を連れてきてくれた武官が声高らかに告げると、申し合わせたように大きな扉が開かれる。

いよいよ後宮入りだ。

私は空を見上げて大きく息を吸い込んでから足を進めた。

旅を共にした武官は門の前で立ち止まり、その代わり宦官が私を出迎えた。背はすこぶる高いが、武官のように筋骨隆々という感じではない。色白で華奢《きゃしゃ》な人だった。

「朱麗華さま、遠いところをよくお越しになりました。黄子雲《こうしうん》と申します」

宦官は先ほどの武官と同じく腰を低くして首を垂れる。

私は妃賓ではないのに。

後宮入りすれば皇帝の持ちものとなるがそれは名目であり、おそらく皇帝陛下の食事を作るだけで、他は一生関わることなく生きていくのだろう。私は尚食の女官として働きに来ただけだ。

「朱麗華です。どうぞよろしくお願いします」

「住居にご案内します」

子雲さんは私に目配せしたあと、歩き始めた。

——ギギギーッ。

うしろで門が閉まる。

これでもうなにがあっても、私はここで生きていかなければならない。しかし、私を家族のように大切にしてくれた趙さん一家をはじめ、村の人たちは医者と共に安心して暮らしていける。

別れのとき、私のために大泣きしていた趙さんのことを思い出しながら、覚悟を決めた。

「こちらが光龍帝のお住まいの蒼玉宮《そうぎょくきゅう》です。執務は鳳凰殿などで行うことが多いので、主にお休みになられるときに使われます」

「はい」

ということは、昼間の今はおそらくここにはいないのだろう。

「左右にありますのが位の高い妃賓に与えられた宮です。こちらはまだ空席となっておりますが、皇后がお住まいになられる翠玉宮《すいぎょくきゅう》。そして現在、後宮の頂点に立たれている李《り》貴妃がお住まいの紅玉宮《こうぎょくきゅう》、順列でいけばその次の范《はん》貴妃の琥珀宮《こはくきゅう》。最初はこのくらい覚えておかれればよいかと」

李貴妃が妃賓の頂点なのね。

皇位簒奪に際して、たしか後宮の妃賓や女官は入れ替えとなったはず。まだそれから日が浅いのに、確固たる序列があるのだ。

それにしても皇后はまだいないのか。李貴妃や范貴妃が上がられるのかもしれないし、陛下の御子を授かったその下の妃賓がつくのかもしれない。どちらにせよ、下働きの私には関係がない話だ。

子雲さんはさらに奥に進む。

奥に入ると、貴妃の住まいとは違う小さな房がいくつもある。彼はそのうちのひとつの前で足を止め、「こちらが麗華さまの房です」と扉を開けた。

「東側のこの近辺は、麗華さまと同じように尚食の女官が住んでおります。あとでご紹介します」

私に与えられたのは、村の家と同じくらいの空間だった。

貴妃が住む宮とは比べ物にならないほど小さいが、これで十分。しかも、備え付けられている寝台には、離宮で使っていたような朱色にきらびやかな刺繍が施された一流品だとわかる褥《しとね》が用意されている。

一介の女官にまでこのようなものを支給されるとは、皇帝の権力の大きさを感じる。

「お召しものをいくつかご用意しております。お着替えを」

「うわー。素敵！」

村では決して着たことがない艶やかな襦裙《じゅくん》を前に小鼻を膨らませてしまいハッとする。

きっと女官はもっと婉麗《えんれい》としていなければならないだろう。

「申し訳ございません」

「いえ。外で待っておりますので、着替え終わりましたらお声かけを」

「はい」

子雲さんは表情ひとつ崩すことなく出ていった。

「どれにしよう……」

こんなに上質な襦裙に袖を通すなんてもったいない……と思いつつ、心躍る。私は迷いに迷って、藤色の上襦と裙に小花の刺繍が施されている濃紺の裙を身につけた。

「お待たせしました」

すぐに出ていくと、子雲さんが一瞬眉を上げた気がするが、気のせいかな。

「よくお似合いで。妃賓や女官のお世話は私たち宦官がいたします。お申し付けくださいさい。それでは尚食長のところに参りましょう」

「はい、よろしくお願いします」

少し緊張しながら彼のあとに続く。すると広い厨房があった。

「白露《はくろ》さま」

彼が声をかけると、ひとりの女官が振り向いた。

尚食長だという彼女は私より十くらいは年上に見える。

「あぁ、朱麗華ね」

「初めまして。よろしくお願いします」

私に与えられた襦裙でも十分艶やかだと思っていたのに、白露さんの上襦の襟元にはさらに銀糸で刺繍が施されている。

挨拶を交わしていると、子雲さんは下がっていった。

「仕事は明日からでいいわ。青鈴《せいりん》」

白露さんが呼ぶとすぐに、私より小柄で目が真ん丸なかわいらしい女性がやってきた。

「彼女は徐《じょ》青鈴。あなたと同じ尚食です。青鈴、仕事を教えてあげて」

「初めまして、朱麗華です」

「ようこそ。私のことは青鈴って呼んで。麗華でいいかしら。これから一緒に働きましょう」

「はい」

青鈴は頬をわずかに赤らめにこりと笑う。

白露さんが離れていくと、青鈴が厨房を案内し始める。

聞けば私と同じ歳の彼女は、光龍帝が即位されたときに後宮入りしたのだとか。

「麗華は料理が得意なんだってね」

「得意というほどでは。少し薬膳の心得があるくらいで」

そう言うと、彼女は口を開け驚愕している。

「薬膳！　それはすごいわね。麗華の肌が美しいのもそのせいかしら」

「どうかしら。〝血〟や〝水〟が不足すると肌によくないと言われているから、血を補う棗や枸杞の実、水を補うゆり根や豆腐はよく食べるかも」

そう口にしながら、ゆり根をつけた陳皮酒を安眠のために毎晩飲んでいた劉伶さまを思い出した。

「へぇ、そうなんだ。料理法を教えてよ。私も食べよ」

「うん」

同じ歳ということもあってか、青鈴とはすぐに打ち解けた。

尚食は皇帝陛下の食事を作ることが仕事。女官の中では序列が低いとばかり思っていたが、そうでもないらしい。

私たちの下に雑用をしてくれる女官が数えきれないほどいるとか。

「尚食は応龍殿に食事を運ぶと聞いたんだけど、皇帝陛下や文官にも顔を合わせるの？」

「うーん。陛下は無理ね。陛下の前で顔を上げていいのは、上位の妃賓や許された人たちだけなの。陛下がお気に召して閨を共にすればとは聞いたけど……」

彼女は私を手招きしてなぜか厨房から出ていく。そして人気《ひとけ》のない場所で私の耳元に口を寄せた。

「どうも、両貴妃ともないらしいのよ。そういうことは一度も」

そういうことって……。子をなす行為をということ？

「だからね、男色なんじゃなんて噂が立ってるくらいなのよ」

「だ、男色？」

「しーっ」

声に出してしまい、青鈴に止められた。

さっきの子雲さんは宦官で、大切なものを切り落としているわけだけど、男性の猛々しさとは違う妖艶さを持ち合わせている。女性らしいかと言われると違うのだが、魅力的というか。

そうした宦官が好きという可能性もある？

「それか、心に決めた女性がいるとかね。私は断然こっちの説派なの。だって素敵じゃない」

青鈴は目を輝かせる。

そうだとしたら微笑ましい話だ。だって、後宮にいる男性は皇帝陛下ただひとり。それなのに妃賓以下、女性は何千人もいる。しかも意のままに閨を共にできるのに、その女性のためにそれをしないなんて驚くほど一途だ。

「そうね。青鈴も陛下のお顔は知らないの？」

「うん。視線を合わせてはいけないの。足先だけは拝見したことがあるわよ」

くすっと笑いを漏らす彼女に追加の質問をする。

「そっか。文官や武官は？」

どちらかというと陛下よりそちら。劉伶さまたちを捜したい。

「文官や武官はあるわ。話したことはないんだけど、陛下が特に重用している文官と武官がひとりずついてね。その方のお顔は拝見することも多いわよ」

「そうなんだ」

その文官というのが劉伶さまじゃないかしら。それなら会えるかも。

そんな淡い期待を抱いた。


翌朝は日が昇る前から厨房で朝食作りにいそしんだ。

陛下に献上する食事は種類も豊富で、それを陛下は一部の臣下と共に食するのだという。

初めての私は青鈴の手伝いをして、薏苡仁《よくいにん》と黒豆を入れた中華粥をこしらえることになった。

薏苡仁も黒豆も、水毒に効く食材だ。薏苡仁は肌荒れにも効果がある。

「これ、鶏でとった湯を使って炊くとおいしいと思うよ。その鶏も少し加えるとなおいいかも」

粥を作り始めた青鈴に口を挟む。

「なるほどね。やってみよう」

離宮ではこうした粥や炊き込みご飯をよく作った。劉伶さまが好きだったというのもあるけれど、一品でたくさんの栄養を補えるからだ。

それから他にも数品担当して、黙々と働いた。

私たちが作った食事は、応龍殿の陛下たちが食事をする房の隣まで宦官が運ぶ。その隣室で毒見が行われるとか。それも宦官の仕事らしい。

子雲さんをはじめとして五人の宦官がやってきた。そして朝食を軽々と運んでいく。いつもこの五人の仕事で、毒見も交代でしているという。

「麗華。私たちは陛下のいらっしゃる房に行き、料理の説明をします。あなたはうしろで顔を伏せていればいいわ」

白露さんにそう告げられてうなずいた。

いよいよ、陛下の御前に行ける。いや、陛下ではなく劉伶さまがいるかもしれない場所へ。

私が顔を上げられなくても、彼がいたら気づいてくれるかもしれない。

尚食は、白露さん以下私を含めて十一人。陛下の食事の準備するのだからもっと多くてもいいのでは？と思ったけれど、どうやら人が多くなればなるほど毒を入れられる危険が増すということで、あえてこの人数なのだとか。

陰謀渦巻く後宮では、女官たちも他人が作ったものは食べたがらないらしく、位の高い貴妃たちは自分の宮で信頼する女官に作らせているようだ。

私たちは白露さんに従って応龍殿に向かった。

陛下たちが食事をするという一室は、脚に見事な彫刻が施された大きな卓子と立派すぎる椅子があり、朱色の壁には金の龍が描かれている。

豪華なことには間違いないがちょっと落ち着かないと思いながらも、青鈴の隣で彼女を真似て膝をつき、首を垂れた。

「陛下が参られます」

誰かの声がして何人かの足音がする。

私は決して目を合わせてはならないという緊張でいっそう深く頭を下げた。

「白露、始めなさい」

「はい。まずは粥でございます。本日は黒豆と薏苡仁を入れておりますが、鶏の湯を使って炊きました」

「鶏の湯とは、初めてではないか？」

これは陛下の声？　それとも側近の人？

「はい。本日より尚食として働きます女官の案でございます。このようにしたほうがおいしく召し上がっていただけるのではないかと」

白露さんに私のことについて触れられて、心臓が口から出てきそうなほど暴れだした。

お気に召さなかったらどうなるのだろう。

そんなことを考えているうちに、他の料理についてもひと通り説明が終わった。

「本日も感謝する」

先ほどから聞こえているのはひとりの声。おそらく陛下だ。

しかし、感謝なんて言われるとは思わなかった。彗明国で一番偉い方だし、私たち女官が食事の準備をするのは当然なのだから。

「女官は下がりなさい」

宦官なのか側近の者なのか、先ほどとは違う人の声がして腰を浮かしかけたそのとき。

「待て。鶏の湯で粥を作るとうまいと言ったのはどの女官だ」

えっ、私？

やはりよくなかったの？　私、初日にして処分される？

手に汗握り、身動きひとつとれない。

「朱麗華という女官でございます。お気に召しませんか？」

「いや、うまそうだと」

白露さんの質問にそう返され、やっと息が吸えた。命はつながったようだ。

「朱麗華」

えっ、私に話しかけているの？

「は、はい」

おどおどしながらなんとか声を絞り出す。けれど相変わらず顔は伏せたままなので、陛下が怒っているのか笑っているのかもわからず不安しかない。

「得意な料理はなんだ？」

「はい。麻婆豆腐が得意です」

得意料理がなにかなんて自分ではわからない。しかし、劉伶さまの顔が浮かんでとっさにそう答えた。

「そうか。昼は街に出る。本日の晩に作ってくれ」

「かしこまりました」

まさか、陛下に献立の要望をいただくなんて思ってもいなかったので、唖然としながら答え、今度こそ退出した。

「麗華、すごいじゃない」

青鈴が興奮気味に話しかけてくる。

「陛下から希望を賜ることはないの？」

「初めてね。驚いたわ」

今度は白露さんが答える。

そうなんだ。

「でも、まだ粥を食べられたわけではないのに、どうしてでしょう……」

気に入って他の料理も食べてみたいというならわかるけど。

「鶏の湯を使うなんて一度もしたことがないの。陛下も驚かれて、興味を持たれたんじゃない？」

青鈴はそう言うけれど、本当にそうなのかな……。

とはいえ、今晩は麻婆豆腐を作ることに決定した。

腕によりをかけて作ろう。

いきなりの大役に身震いしながら、そう決意する。

しかし……劉伶さまは、あそこにはいなかっただろうか。もしいたのなら、私の名前を聞いたはず。陛下の前でうかつな行動はできなくても、なんとか接触してほしいと強く願う。

といっても、文官として優秀だったと聞いたのでもしかして……というだけで、昇龍城にいる確証はなにもない。

私は麻婆豆腐を頼まれたときとは別の緊張感に包まれていた。

房に戻ると、青鈴が後宮内を案内してくれると言っていたのに、緊張と村からの移動で疲れがたまっていたせいか眠ってしまった。

「麗華さま、そろそろ厨房へお願いします」

「あっ、すみません」

太陽が西の空に傾きかけてきた頃、子雲さんが呼びに来たのでようやく起きて、再び厨房に入った。

麻婆豆腐を作らなくては。

「麗華、疲れてたみたいね。声をかけても返事がなくて。寝てたでしょ」

「うん、ごめん」

青鈴に謝りながら、豆腐を手にした。麻婆豆腐は豆腐がなくては始まらない。

豆腐は肌を潤してくれるので私も積極的に食べるようにしているが、余分な熱や毒素を取り除く効果もある。

それで離宮で麻婆豆腐を作るようになり、劉伶さまの好物になった。

陛下は数人の臣下と食事を共にすると聞いた。文官としてあの場にいたのなら、もしかして彼にも食べてもらえるかも。

後宮入りしてから、そんなことばかり考えている。

麻婆豆腐にする豆腐は、切ったあと水につけておく。その間に、玄峰さんの好物の豚肉を細かく叩き、それを炒める。

それから調味料。大蒜、空豆や唐辛子で作られた豆板醤《とうばんじゃん》、小麦粉に麹《こうじ》を加えて作る甜麺醤《てんめんじゃん》などを入れて炒め、その横で豆腐を先に下茹でをする。こうすることで形が崩れるのを防ぐ。

それらを合わせたあとは紹興酒や生抽などで味を調え、体を温める効果のあるねぎを追加。あとは片栗粉でとろみをつける。

そして仕上げは脾や胃を温め、胃もたれや下痢に効く花椒を散らす。

「できた」

「麗華、すごく手際がよくてびっくりした。手出しできなかった」

鶏卵を手にしている青鈴が目を丸くしている。

しまった。いつもの調子で、最後までひとりで作ってしまった。

「ごめん」

「なに謝ってるのよ。褒めてるの。それに楽できちゃったし」

彼女はそう言いながら、金華火腿《きんかハム》と卵の上湯を作っている。青鈴はこの厨房に慣れているることもあってか、さすがに手際がいい。


子雲さんたち宦官が入ってきて、できあがった料理から運び始めた。もちろん、私の作った麻婆豆腐も。

それから白露さんに促されて朝と同じように応龍殿に向かい、顔を伏せて陛下を待つとすぐに現れた。

「麻婆豆腐、作ってくれたんだな」

「陛下のご希望であればなんでも作らせていただきます」

白露さんが恐縮しながら伝える。

「余のために、感謝する」

また〝感謝〟だ。光龍帝はとてもお優しい人なのかもしれない。

皇位簒奪なんて大胆なことをした人だから、最初は冷酷非道だという噂が飛び交った。

その後、税率を下げたり兵を地方に返したりという行動で皆見直してはいたが、人柄のよさを肌で感じる。

それから白露さんがひと通り説明し終えると、また「下がりなさい」と命が下った。

「朱麗華。料理について聞きたいことがある。残りなさい」

「は、はい」

どうして私？　尚食長の白露さんならまだしも、昨日やってきたばかりの私をどうして指名するの？　もしかして……劉伶さまが陛下に頼んで？

瞬時にそんな考えが駆け巡り、緊張と欣喜《きんき》の想いが交錯する。

私が頭を下げたまま微動だにせず待っていると、他の尚食たちは出ていった。

「さて、朱麗華。顔を上げなさい」

「えっ……。とんでもございません」

陛下のお顔を拝見できるのは、ごく一部の女官だけ。尚食程度の身分では絶対にしてはならないと言われているのに。

「ふっ、全然気がつかないんだ」

ふと陛下の声が柔らかくなった。

あれ、この声……聞いたことがある。まさか。

恐る恐る顔を上げていくと、美麗な御衣が足元から順に視界に入る。

濃藍色の膝蔽《へいしつ》には龍の刺繍が施されている。大帯から下がっているのは翡翠の玉《ぎょく》佩《はい》。

「久しぶりだね、麗華」

腰のあたりまで見えたところでもう一度声がした。

「劉伶さま……無事だったんですね！　あぁ、よかった。でもどうして……」

彫刻が施された大きな金の椅子に座っているのは、まぎれもなく劉伶さまだ。

そしてその左には玄峰さん、右には博文さんまでいる。

しかし三人とも離宮にいたときとは比べ物にならないほど華やかな御衣を纏っていて、まるで別人だった。

「うん、ありがとう。麗華は俺が呼んだんだよ。来てくれるかどうかは賭けだったけど」

それでは、やはりあの武官をよこしたのは劉伶さま？　いや待って。どうして彼が陛下の椅子に腰かけているの？

「陛下は……？」

いくら陛下に頼んで私を呼び寄せたとしても、その席に座るのは失礼ではないの？　そのくらい皇位簒奪に貢献したということ？

「あっははは」

私が尋ねると、玄峰さんがこらえきれないという感じで笑いだした。

「麗華さん、陛下はこちらにいらっしゃいますよ」

「え……」

博文さんも幾分か鼻を膨らませて劉伶さまに視線を送る。

「劉伶さまが、光龍帝でいらっしゃいます」

続けて丁寧な言い方でそう言った。

「劉伶さまが？」

喫驚仰天《きっきょうぎょうてん》して声が続かない。

「劉伶さまは、香呂帝の腹違いの弟なのです」

そんな。私……とんでもなく失礼なことをしていたんだわ。

「も、申し訳ありません。数々の無礼をお許しください」

慌ててひれ伏し、声を振り絞る。

それほど身分の高い方と添い寝をしていたなんて。知らなかったとはいえ、なんて身の程知らずなことをしてしまったのだろう。

「麗華」

もう一度劉伶さまの声がして足音が聞こえたあと、私の視界に漆黒の履《くつ》が入った。

「失礼なことなどなにひとつされていないよ。むしろ麗華は命の恩人だ」

私の前まで歩み寄った彼は、私の肩に手を添えて顔を上げさせた。すると視線が絡まり解けなくなる。

久しぶりの近い距離に胸が熱くなりながらも、それより緊張が上回っていた。

「麗華の麻婆豆腐、ずっと食べたかった。やっと食べられる」

「陛下……」

「その呼び方は対外的なときだけにして。博文と玄峰、宦官の子雲しかいないところでは今まで通りにしてほしい」

そんなことを言ったって、この国で一番高貴な人をそんなふうには呼べない。小さく首を横に振ると「お願い」と甘えるような声で懇願されて困る。

「劉伶さま、あまりお時間を割かれると変に思われます」

「そうだな」

博文さんの発言に反応した劉伶さまは、私をゆっくり立たせた。

「話は少しずつしよう。俺と関係があると知られると麗華が嫌がらせを受ける可能性がある。今は、俺が薬膳料理に興味があってその話をしていたとでもしよう。子雲」

彼は房の外で待っていたらしい子雲さんを呼ぶ。

「はい」

「麗華を房まで頼む」

「かしこまりました」

なにがなんだかわからないまま、それでも三人が生きていてくれたことがうれしくて、複雑な気持ちのまま劉伶さまをまじまじと見つめてしまう。

「麗華。そんな目で見られると離れがたくなる。大丈夫。またすぐに会える」

「いえっ、申し訳ございません」

そんなつもりはなかったのに。

劉伶さまはくすっと笑い、子雲さんを目で促す。

「おいしくいただくよ」

そして耳元でそう囁き、私の背中を押した。


子雲さんと共に自室に戻ると、すぐに青鈴がやってきた。

「麗華、陛下からなにか言われたの？」

「なんでも薬膳料理に興味がおありだとかで、その話を少し」

劉伶さまに言われた通りの返答をすると、「そうなんだ」と目を大きくしている。

「これをきっかけに、陛下の寵愛を得られたりしないかしら」

「まさか、そんな！」

彼と添い寝をしたときのことを思い出し、必要以上に大きな声が出る。

「そんなに全力で否定しなくても。夢を見たいじゃない、私たちも」

そっか、青鈴も劉伶さまの持ちものなんだ。

後宮にいる女官はすべて、彼のもの。

そんなことを改めて考えると、なぜか胸が痛んだ。


そしてその夜。

「麗華」

扉の向こうから私の名を呼ぶ声がする。

この声は……劉伶さまだ。

皇帝陛下として私たちの前に君臨しているときとは声色が違う。意図的に変えているのだろう。

もう衾にくるまってはいたが慌てて扉を開けると、そこには宦官の服を纏った劉伶さまがいて目を丸くする。

「ごめん、失礼するよ」

そしてするりと体を滑り込ませてきて扉を閉めた。

「どうされたんです？　その恰好」

「なにかと面倒でね。誰のところに渡ったとかいちいち報告される。で、子雲に代わりを頼んできた。麗華と話がしたくて」

ということは、陛下の宮に子雲さんがいるということ？

「ですが、ここは陛下がいらっしゃるところではあり――」

最後まで言えなかったのは、彼が長い指で私の唇を押さえたからだ。

「陛下はやめてくれと頼んだだろ？　麗華の前ではただの伯劉伶でいたいんだ」

国中から一挙手一投足を監視されている彼は、息抜きの場所が欲しいのかもしれない。

なんとなく納得してうなずいた。

彼は狭い房の寝台に座り、私も隣に座るように促す。

「後宮に麗華を呼んだりしてごめん。でも、麗華のそばにいるにはこの方法しかなかった」

「そばに？」

「うん。離宮で過ごした半年は本当に楽しくて。できればずっとあそこにいたかった。でも、香呂帝の傍若無人ぶりが気になってはいて、玄峰にずっと地方の反対勢力たちと連絡を取らせていた」

だから玄峰さんはしばしば出かけていたのか。

「それでやはり立ち上がるべきだと麗華に背中を押されて……」

「私？」

たしかに離宮を離れるとき、そのようなことを口にはしていた。

「うん。だけど、皇帝になりたかったわけじゃないんだ」

遠くを見つめてつぶやく彼を見て、その気持ちが理解できるような気がした。

劉伶さまは『陛下』と呼ばれて周りに崇め奉られるより、離宮で自由気ままに過ごしたかったのだろう。

「そうだったんですね。でも劉伶さまのおかげで税が軽くなり、村に働き手も戻ってきました。あっ、医者まで手配していただき、ありがとうございました」

肝心のお礼を言っていなかったと頭を下げた。

「大切な麗華を奪ったんだから当然だ」

彼は離宮の頃とは変わらない微笑みを見せる。だから私の心も緩んでいく。

「生きていてくださってよかった。後宮に来れば、劉伶さまたちの安否がわかるかもしれないと思って」

「ありがとう。皇位簒奪は簡単じゃない。本当はそれなりの覚悟もしていた」

彼の瞳が揺れる。

それなりのって……死を覚悟していたということ？

「せっかく毒が抜けたのに、そんな覚悟をしないでください。お願いです。生きてください」

博文さんと玄峰さんのことを刎頸の友と口にした彼は、常に緊迫した状況の中で生きているのだ。実際毒を盛られて苦しんだわけだし。

「ありがとう。こうして麗華に再会できて、生きていてよかったと心から感謝しているよ」

彼は穏やかな表情で私の手を不意に握る。

「でも、皇帝の座についたからといって、愁眉を開くわけにはいかない。いや、むしろ気を許す時間を持てなくなった」

「劉伶さま、夜は眠れているのですか？」

村を初めて訪れたときのようにむくんではいない。しかし、少し疲弊したような表情をしている。

「眠れないんだ。麗華の手を離したあの日から、また逆戻りだ」

「そんな……」

口角を上げているくせして鬱然《うつぜん》とした顔。

「子雲さんはいつまで身代わりをしてくださいますか？」

「えっ？　俺がいいと言うまでしてると思うけど」

「それなら、すぐにお眠りください。狭い寝台でごめんなさい。でも、ここなら手を握っていられます」

私は勢いよく衾をめくり、褥をぽんと叩く。

すると彼は目を丸くしている。

「いや、そんなつもりで来たわけでは……それでは麗華が眠れない」

「私は仕事の合間にうとうとします。だから早く！」

一秒でも惜しい。

皇帝相手に説教じみた言い方だったかもしれない。けれどそれくらい強く言わなければ眠ってくれないと思った。

「麗華、ありがとう」

劉伶さまは微笑みながら素直に従った。

寝台に横たわる彼に衾をかけ、椅子を持ってきて隣に座ったあと、差し出された手を握る。

「たくさん聞きたいことがあります。でも今日は、劉伶さまたちの無事が確認できただけで十分です。少しずつ教えてくださいね」

「うん、そうする」

「夜明け前に起こします。それまでは眠ってください」

また陳皮酒にゆり根をつけたものを作ろうと考えながら語りかけると、彼は私の手を強く握った。

それからすぐに彼は寝息を立て始めた。

ここの寝台は離宮のものよりもひと回り小さく、体の大きな彼には窮屈そうにも見えたが、その寝顔は驚くほど穏やかだった。

「皆いますから。博文さんも玄峰さんも、そして私も」

ひとりで闘わないで。

そんなことを語りかけているうちに睡魔が襲ってきて、寝台に頭を乗せたまま眠ってしまった。

しかし、東の空が赤らんできた頃、ハッと目を覚まし劉伶さまを揺さぶる。

「劉伶さま、朝です。皆が起きる前にお戻りください」

まもなく尚食の女官が厨房に集まりだす。その前に戻らなければ。

「麗華、おはよう。やっぱり眠れた」

彼はすがすがしい表情で、離していた私の手をもう一度握る。

「よかったです。そろそろ」

「あぁ。麗華、本当にありがとう。話はまたゆっくりしよう」

「はい」

劉伶さまは空が明るくなってきたのを視界に入れると、慌てて戻っていった。

「よかった……」

久々に安眠を与えられたのなら、村を離れて後宮に来てよかった。

彼の手を握っていた右手を見つめ、心から安堵した。

少し睡眠不足ではあったけれど、劉伶さまと話せたという事実が私の気持ちを高揚させる。

元気よく厨房に向かい、働き始めた。

「麗華、陛下が薬膳料理にご興味があるとか」

白露さんに尋ねられてうなずく。

「はい。薬膳料理は医者の処方する薬には到底及びませんが、体の調子を整えるのには向いています。あの……寝つきが悪いとお聞きしましたので、それによさそうなものを作ってもよろしいですか？」

後宮の厨房には驚くほどの食材がそろっている。

「もちろん。今日の献立もあなたが決め直して。薬膳のことはわからないからね。それで説明役も任せるわ」

「わかりました」

あの大役をやるのか。でも、相手が劉伶さまとわかっているから大丈夫。

それから私は、劉伶さまの安眠を願って献立を立て直し、尚食の女官に調理をお願いした。

調理が終わると、宦官たちが運びだす。

劉伶さまのふりをしていた子雲さんもその中にいたが、いつもと変わらない様子だった。

彼らの毒見が終わったあと、料理が卓子にずらりと並べられ、劉伶さまたちがやってくる。

「本日は、薬膳の知識を使い献立を立てました朱麗華がご説明いたします」

白露さんの発言のあと、顔を伏せたまま口を開く。

「まずはかきを入れました炊き込みご飯です。かきは精神を落ち着かせる効果があり、疲労や睡眠不足の解消に役立ちます」

不眠の原因にもいろいろあるが、劉伶さまは間違いなく精神の不安定だ。それをもとに献立も考えてある。

「続いて不眠の改善に役立つ竜眼肉《りゅうがんにく》と生姜を入れた鶏の羹です。竜眼肉は甘くてそのままでお召し上がりいただけますので、必要ならばお申し付けください」

竜眼肉は離宮で好んで食べていたのでそう付け足した。

不眠を軸に考えはしたが、その他の料理はおいしく食べてもらえるようにと作った。離宮にいた頃のように食事を楽しんでほしい。

ひと通りの説明が終わると「下がりなさい」と言われ、視線を伏せたまま腰を上げる。

「余のために知恵を絞ってくれたんだな。感謝する」

すると、劉伶さまのひと言。

尚食の女官は、この言葉を聞きたくて仕事に励んでいるに違いない。

「それと、昨日の麻婆豆腐は美味であった」

皇帝としての威厳を感じさせる凛々しい声でねぎらわれ、胸が熱くなる。

「恐縮です」

白露さんのお礼に合わせて、もう一度頭を下げた。


昼食は幾分か軽めに。

そのあと自分の房に戻り、厨房から持ってきた陳皮とゆり根を酒につける。離宮で安眠のために劉伶さまがいつも飲んでいたものだ。

どうやら私の手が一番効果があるらしいが、ここでは毎日は無理。それなら少しでも薬膳の力を借りたい。

陳皮ゆり根酒の仕込みが済んでからはうとうとしてしまった。やはり椅子では熟睡できないのだ。

「麗華」

けれども、かすかに名前を呼ばれている気がして目を覚ました。

「ん？　青鈴？」

扉を開けると青鈴が立っている。

「ね、月餅をもらったの。一緒に食べよ」

「えっ、どうしたの？」

「香妃《こう》にいただいたの」

妃は貴妃のひとつ下の位だったはず。

彼女を房に招き入れ、薏苡仁のお茶を淹れた。このお茶はむくみの解消に役立つので、水毒だった劉伶さまにもよく飲んでもらったっけ。

「香妃と親しいの？」

「香妃に仕えている女官の料理があまりおいしくないらしくてね、ときどき私が作って差し入れているの。その代わり、宦官が手に入れてきたこういう菓子をいただいたりするのよ」

そういうこともあるのか。

後宮から出られない私たちは、好きな菓子を手に入れることも難しい。といっても、貧しい村では菓子なんて一年に一度食べられたらいいほうだったけれど。

「うわ、おいしい。これは蓮《はす》の実餡かしら」

「そうみたいね。蓮の実にも薬膳効果があるの？」

青鈴が興味津々で尋ねてくる。

「蓮の実は胃腸を整えるわ。お腹を下しているときにいいかも。それに不眠にも」

劉伶さまにも食べさせてあげたい。

「本当に詳しいのね。麗華が薬膳に明るいこと、後宮で話題になってるのよ。肌が美しくなる食べ物はないかしらって香妃が言ってた」

劉伶さまの気を引くために、肌の手入れや服装に気を使う妃賓が多いとは聞いている。

「そうね。血や水を補うといいと思う。女性は月経があるから血虚《けっきょ》という状態になる人が多いの。食べるなら赤いものと黒いものが効果的よ。枸杞の実を料理に使うとか、あとおすすめは黒豆。血を増やしてくれるし、むくみも取れるの」

「黒豆ね。厨房にたくさんあるはずよ」

「枸杞の実を加えて黒砂糖で甘ーく煮て、餅にかけて食べたらおいしそう」

月餅を食べていることもあって、食事ではなく菓子が頭に浮かんでそう口にした。

「ね、今度作ってみようよ。私も肌をきれいにしたいもの。おまけにおいしかったら最高ね」

食べ物の話をしていると幸福で満たされる。それなのに、毒見をしてからしか手をつけられない劉伶さまたちを気の毒に感じた。

その晩も、子雲さんと入れ替わった劉伶さまがやってきた。

「麗華、今日の料理もおいしかった。これで不眠がよくなるなんて最高だよ」

「ありがとうございます」

尚食の女官の前では『余』なんて凛とした声で言う彼だが、私の前ではまったく違う。

「眠くない？」

「はい。昼間に寝ましたから」

本当は少し眠かった。けれども、劉伶さまとのひとときが楽しくて眠気なんて吹っ飛んだ。

「今日は少し話をしたら戻るから」

「でも……」

「毎日だと麗華が倒れる。おいしい食事を作ってもらわないといけないしね」

彼のことが心配だけど、たしかに毎日は難しい。

私は素直にうなずいた。

「麗華に大切なことを伝えておかないとと思って」

「なんでしょう」

後宮のしきたり、とか？

そんなことを皇帝直々に知らせに来ないか。

「これはお願いなんだけどね。いつか麗華を皇后として迎え入れたい」

「は？」

「だから、皇后」

彼は繰り返すが、かすかな衝撃を感じたあとはなにを考えていいのかわからなくなった。

「麗華、聞いてる？」

彼の眉間を見つめ、息をすることも忘れていたからか、肩をポンポンと叩かれる。

「聞いていますが、夢でも見ているんですよね」

「あははは。やっぱり眠い？　それじゃあ、また今度にしようか」

違う、これは夢じゃない。

こんなに気になる話を先延ばしにされたらたまらない。

「い、いえっ。皇后と言いますと、劉伶さまの伴侶で後宮の頂点に立つお方ですよね。私は朱麗華ですよ。どなたかとお間違えでは？」

「間違えるもんか。皇帝の座についたとき、皇后を娶《めと》るようにと随分いろいろなところから圧がかかった。でも、すべて突っぱねた。それは麗華を迎えるため」

今度は雷に打たれたかのような強い衝撃に襲われて、しばし目を閉じた。

彗明国の頂点に君臨する人の妻となれと？

なにを言っているのだろう。

妃賓でも仰天なのに、一番上の皇后なんてありえない。

「麗華、息してる？」

「劉伶さまがとんでもないことを言いだされるので、できません」

思いきり眉根を寄せる。

「麗華は嫌？」

「嫌とかどうとかではなくて、私はただの村人だと言ったではないですか。後宮には高貴な方がたくさんいらっしゃるでしょう？」

まだ貴妃たちの姿を遠目にしか見ていないが、それはそれはきらびやかな衣を纏い、飛仙髻《ひせんけい》に結われた髪には金の歩揺《ほよう》が輝きを放っていて、しばらく見惚れたほどだ。

立ち居振る舞いも私とはまったく違い、雅な情調で満ちあふれていた。

後宮に来て、私に与えられた襦裙の美しさに驚きはしたが、貴妃たちはそれ以上だった。村にいては決して知ることのない上流階級の華やかさを知った。

「いるね。両貴妃は皇位簒奪の際に活躍した有力者の娘なんだ」

「それでは、貴妃が皇后に収まりたいと思われているのでは？」

その有力者も皇帝の子を産ませるつもりで娘を後宮に入れたのだろう。そうすれば、将来の皇帝の家族になれる。一族は安泰だ。

「そうだろうね。でも、俺の意思だってある」

劉伶さまは遠い目をして「ふぅ」と小さな溜息をついた。

そうか。陰謀渦巻くこの世界では自由は限られているのだ。後宮入りした私たちだけでなく、彼も。

「麗華がそばにいると心安らぐんだ。後宮入りさせることも、本当は独善がすぎるのではと悩んだ。でも、このまま麗華に会えずに一生暮らすなんて耐えられなかった」

疲弊したような表情でつぶやく彼に胸が痛む。

傍から見れば、国の頂点に君臨し、なんでも意のままに動かせて羨望の眼差しを向けられる人物であっても、私たちにはわからない苦労があるのだろう。

そのひとつが皇后の選択であり、さらには気ままに食べ物を口に運べないことなのだ。

「私も、劉伶さまたちの無事が確認したい一心で後宮に来ました。ひと目元気な姿が見られればそれでいいと思っていましたが、こうしてお話しできてどれだけうれしかったか」

皇帝の持ちものとなった私は、彼の姿を見ることはできても話すことは叶わないと思っていた。それなのに、胸の内を明かすことまでできる。

「それなら、皇后の話を考えてほしい」

「でも私では……」

なんの地位もない、偶然出会っただけの私がそんな地位に収まるなんてありえない。

「これから俺は彗明国のためだけに生きる。でもひとつだけ……麗華のことだけどうしても我儘《わがまま》が言いたい。どうやら俺は、麗華を愛してしまったらしい」

「私、を？」

鼓動が速まり呼吸が浅くなる。

まさか、そんな言葉をかけられるとは思ってもいなかった。

「あぁ。これは博文や玄峰にも伝えてある。まあ、知ってたと言われたけどね」

あのふたりは今でも彼を支えているのだろう。そして、一番近い信頼できる刎頸の友。

ふたりが変わらず劉伶さまのそばに寄り添っていてよかった。

ただ、そうは言われても簡単にうなずけるはずがない。劉伶さまの発言がうれしくてたまらないのに。

「他に皇后なんていらないんだ」

顔をしかめ吐き捨てる彼は、私の手を不意に握る。

本当は私も……彼と一緒にいたいから、そこまで言ってもらえてとても幸せ。しかし、戸惑いしかない。

「皇后、なんて……」

考えたこともなかった。女官のひとりとして一生を終える覚悟だった。

「本当はあのまま離宮で麗華と一緒に暮らせればよかった。だけど、俺たちに親切にしてくれた村の人たちが困窮していくのを見ていられなかった」

彼は皇帝の座が欲しかったわけじゃない。村の人たちのためにも、命がけで皇位簒奪を企ててくれたのだ。

「皇帝となったからには、大切な人を皇后として迎えるしかない」

劉伶さまはまっすぐに私を見つめ強い口調で言うと、腕を引き抱きしめてくる。

「そばにいて。お願いだ、麗華」

彼の熱すぎる想いが背中に回った手から伝わってきて、瞳が潤む。

劉伶さまは自身の自由を手放す代わりに、彗明国の国民を救ったのだ。

「私……皇后なんて自信がないし、どんな存在なのかもよく知りません。ただ、劉伶さまとこうして一緒にいられるのは心地よくて。なんとお答えしていいのか言葉が出てきません」

「そうだよな。でも、麗華は政のことなんてわからなくていい。俺のそばにいてくれればそれで」

とんでもないことを仰せつかった。

彼が市井の〝伯劉伶〟なら、怡怡《いい》たる申し出なのに。

劉伶さまは私の頭を抱えるようにして、いっそう手に力を込める。

近すぎる距離のせいで心臓の高鳴りが最高潮に達する。

「すぐには無理でも、必ず麗華を皇后に引き上げるつもりだ。だから、そのつもりでいて」

彼は私を抱きしめたまま耳元で続ける。

気がつけば彼の腕の中で小さくうなずいていた。

皇后になりたいなんて思わないし、できればなりたくない。ただ、劉伶さまのそばにいる方法がそれしかないのなら、そうするしかない。

ううん、本当は……彼が別の妃賓を皇后に迎え、その妃賓との間に子を為すのを近くで見ているのがつらい。

私は彼に心を奪われているのだと自覚した。

「ありがとう。今日はこれで戻るよ。寂しいけど、近くに麗華がいると思うだけで安心できる」

「劉伶さま。ひとりで頑張らないでください。離宮のときのように、博文さんも玄峰さんもいます。もちろん私も」

励ましたくて必死に訴える。

だって私たちは、互いに命を預けるほどの強い絆で結ばれているでしょ？

すると、目を大きく見開いた彼は緩やかに口角を上げて小さくうなずき出ていった。

劉伶さまに抱かれた体を自分で抱きしめる。

「皇后、なんて……」

つい先日まで辺境の地で暮らしていただけの私が、皇帝の妻になるなんて信じられないし、そんな地位はなくてもいいから平穏に暮らしたいというのが本音だ。

ただ、劉伶さまに求められている事実は飛び上がるほどうれしかった。

しかし男色かもしれないと噂されていた光龍帝が、実は私を迎えようとしていたなんて。

降って湧いた突然の真実に、唖然とするばかりだった。

翌朝からも必死に働いた。

皇后にと言われてもなにをすべきなのかもわからないし、その器ではないことだけははっきりと自覚している。

でも、できることを必死にしていれば、彼にふさわしい女性に近づけるのではないかと思った。

「麗華。香妃が肌にいい薬膳料理を作ってほしいって言ってたわよ」

「本当に？　それじゃあ、一度作るね」

尚食として働いていると、妃賓から声がかかり調理役に指名されることもあると聞いた。位の高い妃賓は女官をそれぞれ抱えているが、料理に関してはやはり尚食として仕えている者のほうが得意だからだ。

調理役として気に入られると、妃賓から目をかけてもらえたり、昨日のように後宮で手に入らないものをいただけたりなんてこともあるらしい。

それに、宦官を通してこっそり家族と手紙のやり取りをしている者もいるとか。

昨日の月餅はおいしかったけれど、私は純粋に自分の作ったものが誰かを幸せにすることがうれしい。

それが皇帝であっても妃賓であっても、そして村の人であっても。


その日の夕食には、玄峰さんの好きな青椒肉絲や、博文さんが好きな海老団子の羹も作った。あの三人はいつも一緒に食事をしているからだ。

宦官が毒見をしたあとでも念には念を入れ、博文さんや玄峰さんが先に食べているのではないかと思う。離宮に来る前に一度毒を仕込まれているのだから、毒見役の宦官が裏切らないとは限らない。

子雲さんのことは信用しているようだが、劉伶さまとは以前からつながりがあるのだろうか。

青鈴の話では、香呂帝に近いところにいた宦官は香呂帝と共に自刎したり、劉伶さまたちが処罰を与えたりしてもう後宮にはいないという。

それでも、かなりの数の宦官が妃嬪や女官の世話をしているので、全員を信じるなんて無理な話だ。

劉伶さまが皇帝という権力を得た代わりに手放したものは多そうだ。

数日後の午後。

青鈴と一緒に初めて香妃と対面した。

「あなたが麗華ね。薬膳を勉強していると聞いて、青鈴に肌の美しくなる料理をお願いしたの」

「初めまして。薬膳には少しばかり心得があります。本日は肌を潤す白きくらげの菓子を作ってみました」

さっき青鈴と一緒に味見をしてみたけれど、なかなかおいしくできたと思う。

「白きくらげ？」

「はい。不老長寿の薬と言われることもございます。同じように皮膚を潤す効果のある松の実と一緒に甘く煮て、最後にはちみつを垂らしてあります。はちみつも皮膚の乾燥を防ぎますし、腸を潤して便通をよくしますので、肌荒れにも効果があります」

一つひとつ丁寧に説明すると、香妃は身を乗り出すようにして何度もうなずいている。

とても美しい人ではあるが、近くに寄ると少々肌が荒れ気味だった。

「いただくわ」

「はい」

香妃がそれを口に運ぶ様子を、青鈴と一緒に固唾を呑んで見守る。

「まあ、おいしい。おいしいものをいただいているのに肌がきれいになるなんて最高ね」

欣喜雀躍《じゃくやく》といった様子で食べ進む香妃を見て、青鈴と視線を絡ませて笑い合う。

大成功だったらしい。

「ねえ、また作ってくれない？」

「承知しました」

私たちは香妃の宮を引き上げてから、残しておいた白きくらげを青鈴の房で食すことにした。

「本当においしい。香妃が喜ぶのもわかるわ」

「ありがとう、青鈴」

私が作った料理が誰かを笑顔にするのが本当にうれしい。

後宮に来て不安も多かったけれど、こうやって自分の居場所を作っていこう。

それから自分の房に戻ろうとすると、途中で子雲さんに出会った。

「麗華さま。陛下が竜眼肉を望まれています」

「すぐにご用意します」

やはり眠れなかったのだろうか。

こんなこともあろうかと、離宮でしていたように干してあったものを水で戻してあるので、ぷるぷるの状態で届けられる。そのままでも食べられるが、劉伶さまはこちらを好むのだ。

すぐに厨房に戻り、竜眼肉を器に入れてハッとした。ここは離宮じゃない。毒見が必要だ。

「ひとつ食べますので見ていてください」

竜眼肉に手を伸ばすと、子雲さんに止められる。

「お待ちください。毒見は私がいたします。ひとつ余分におのせください」

「でも……子雲さんたちにはいつも毒見をしていただいて申し訳ないと思っているんです。もちろん毒なんて入れません。ですが、万が一のときは命を失うわけで……」

彼ら宦官は毎食ごとに命をかけている。それもある意味残酷だ。

「私は陛下に命をいただいたんです。ですから、陛下のためならいつでもこの命を差し出します」

その発言に驚いた。

〝命を差し出す〟なんて尋常ではない。しかし〝命をいただいた〟とはどういうことだろう。

「そんなことを陛下は望まれません。きっと毒見も申し訳なく思っていらっしゃいます。陛下はお優しい方です」

こんなことを口にしていいのかわからない。私たちの離宮での生活については秘密にしておいたほうがいいはずだから。

けれども、どうしてもわかってもらいたかった。

「そう、ですね。麗華さま、一緒にいらしていただけませんか？　陛下は今、蒼玉宮でお休みになられています」

後宮にいるの？

でも、貴妃を差し置いて私が劉伶さまの宮を訪ねてもいいの？

「薬膳の説明をお願いします」

そう言われ、子雲さんがそうやって私たちを会わせようとしていることに気がついた。尚食の仕事として赴くという大義名分を与えられたのだ。

「承知しました」

私は子雲さんのあとに続いて、蒼玉宮に初めて足を踏み入れた。

さすがに私の房のように扉を一枚開けると寝台があるわけではない。広い部屋には大きな卓子や椅子が置かれている。そして、きらびやかな彫刻が施された柱や、見事な龍の絵が描かれた壁が目を引いた。

その中を進む子雲さんは、いくつかある扉のうち中央の扉の前で口を開く。

「陛下。竜眼肉をお持ちしました。それと、私では説明が難しく、尚食の朱麗華さまをお連れしました」

「入れ」

皇帝の声の劉伶さまの返事が聞こえたあと、子雲さんが扉を開ける。

すると、そこには貫禄たっぷりに大きな椅子に腰かけている劉伶さまの姿があった。

紅色の絹に金糸銀糸で五爪二角の龍文が刺繍された御衣を纏い、深緑色の軟玉でできている璧を組み紐につないだ玉佩を腰から下げている。

彼は凛々しい目つきで私を見つめた。

私の房に来るときは別人だ。

今は皇帝として接しているのだと気づき、慌てて膝をつき叩頭した。私たち女官は陛下と視線を合わせてはいけなかった。

「陛下、竜眼肉です。ひとつ、食させていただきます」

私が顔を伏せていると、隣で同じように跪いた子雲さんが毒見を始める。そしてごくりと飲み込んだあと、器を私に差し出してきた。

「麗華さま、陛下にご説明を。陛下、私は隣室に下がらせていただきます」

「いいだろう。朱麗華、説明を頼む」

劉伶さまの返事があり、子雲さんはすぐに房を出ていった。

「こちらは、不眠に効果のある竜眼肉です。また、血を養うとも言われております。眠りが浅いなどの場合、血虚という状態にあることも多く、その解消にもよろしいかと」

「なるほど。朱麗華。余の届くところに持って参れ」

彼はあくまで皇帝として命令を下す。

私は立ち上がり、視線を下げたまま近づいた。

「麗華。誰が聞いているかわからない。だから、すまない」

彼は竜眼肉に手を伸ばしながら私の耳元に口を寄せてそう言ったあと、もう片方の手で私の体を起こさせた。声さえ聞かれなければ視線は合わせてもいいということだ。しかし、自室でもこれほど自由がないとは。改めて劉伶さまの窮屈な生活に唖然とする。

竜眼肉を口に入れた彼は、「なかなか美味だ」と言いながらも優しい表情で微笑んでいる。

声は皇帝、顔は素の劉伶さまという感じだった。

「これは懐かしい味だ」

きっと離宮のことを言っているのだろう。

「こちらは水につけて戻したものになります。毎日いくつかお召し上がりになるとよろしいかと」

「そうだな。そうしよう。もうひとつ」

彼はもう一度竜眼肉を手にしたあと、再び耳元で口を開く。

「麗華。水で戻すのは厨房か？」

声に出さないほうがいいと思いうなずくと、彼は続ける。

「できれば麗華の房で頼めるか？」

誰でも出入りできる厨房では、毒が混入する可能性が高くなるからか。宦官や他の尚食、いや、誰でも出入りできるのだから危険は増す。

私は首を縦に振りながら、自室での隠し場所を考えていた。

「美味であった。下がりなさい」

彼は張りのある声で指示を出すのに、私の手を握って離そうとしない。

言っていることと行動が真逆で戸惑うが、『下がりなさい』という言葉が皇帝で、手を握るのが劉伶さまの意思なのかもしれない。

「失礼いたします」

だから私は、一度彼の手を強く握り返してから離れた。

それから隣室で待っていた子雲さんと共に蒼玉宮を出て、厨房に戻った。

「陛下の安眠が得られるといいのですが」

そう言う彼に深くうなずく。

博文さんや玄峰さんは後宮に入れない。その代わりにここでは子雲さんが離宮で果たしていたふたりの役割を買って出ているのだ。だからうなされていることも知っているに違いない。

「房でお茶を飲みたいので、お水をいただいていきます」

劉伶さまは『誰が聞いているかわからない』と言っていたが、それならこの会話もそうだ。

私は厨房に入り、こっそり竜眼肉と水を持つと自分の房に戻った。


それから十日ほど、劉伶さまは私の房には来なかった。

どこか心待ちにしている自分に気づきながらも、皇帝が身分の低い女官の――しかも狭い房に――通うなんていいのだろうかというためらいがないわけではない。

「尚食としてもっと認められれば……」

女官としてもう少し身分が上がれば、そばにいられるのではないかと考える。

いや、それでも無理か。

皇帝が女官のもとに渡るということは、跡継ぎを為すのが目的であって、安眠を得るための手段ではない。良質の睡眠のためだと周りに説明したところで信じてもらえるわけがない。

やはり子雲さんと入れ替わって、こっそり来てもらうしかないのか……。

そんなことを考えながら、彼のために熟成させている陳皮ゆり根酒をかき混ぜた。

劉伶さまは来なかったけれど、香妃からの依頼が再び舞い込んだ。

やはり肌をきれいにしたいということで、その日は豆腐白玉を作ることにした。

「豆腐で団子なんて考えたこともなかったわ」

一緒に厨房に立つ青鈴は感嘆の溜息を漏らしている。

「水を加えず豆腐を使ったほうが柔らかくできるの。豆腐は体の水を補ってくれるから、肌の張りを保ったりくすみを解消したりしてくれるのよ」

村でも豆腐は肉より安価で手に入ったのでよく食べていた。

「麗華と一緒にいるとずっと歳をとらなくてよさそう」

青鈴はクスクス笑いながら、テキパキと手を動かす。彼女は手際がよく、尚食の中でも有能だ。

「餡も工夫しましょう。小豆は新陳代謝を促すから肌荒れに有効なの。これに肌を潤すゆり根も加えて、一緒に黒砂糖で甘く煮たらおいしそう」

「ゆり根！　米と一緒に炊くくらいしか思いつかなかったわ」

「そうね。ゆり根は不眠にも効果があるから、寝つきが悪い陛下にもゆり根酒をお出しできればと思っていて……」

そう口走ってから、しまったと思った。

余計なことを言ったかもしれない。

陳皮とゆり根を一緒につけた酒は、私の房の見つけにくい場所で熟成中だ。けれども、劉伶さまの口に入るものに関しては、毒を入れる機会をできるだけ排除しなければならない。この話を誰かに聞かれて探されたらまずい。

「まあ、思ってるだけで作ってなかったから、そのうち作ろうかな」

慌てて言い訳がましい発言を付け足しておいた。


豆腐白玉団子も大成功。香妃は喜色満面の笑みを浮かべていた。

その後、青鈴と一緒に残った団子を持ち、彼女の部屋で食すことになった。

「香妃のあんな顔、初めて見たよ」

「喜んでいただけてよかった。美しくなるためになにかを我慢しなくちゃと考える人は多いけど、おいしいものを摂取しながら実現できるといいと思うのよね。我慢はイライラするし、そうすると肌にもよくないもの」

薬膳料理でも食べ合わせの悪いものや、効果を打ち消し合う食品はある。しかし、それ以外は摂取することで効果を生むことを期待して提供している。

「これ本当においしい。菓子を食べながら美顔まで手に入るなんて本当にすごいわ。白きくらげの菓子を作ってから、麗華の噂がいっそう広まってるみたいよ」

青鈴は大きな口で団子を食べ進む。

「私の知識が役に立つなら幸せだな。もともと作ったものを喜んでもらえることがうれしくて、料理に傾倒するようになったんだし」

村の人が私を頼りにしてくれなかったらここまで薬膳を学ばなかったと思うし、料理の腕も上がらなかったに違いない。

「うんうん。自分が作った料理を褒めてもらえると気分が上がるよね。だから陛下に『感謝する』と言われると、こう胸がドクンとするの。いつかお顔を拝見したいわ」

私は青鈴の発言を別の意味でドキリとしながら聞いていた。

まさか、よく知った仲だとは言えない。

「そうね」

曖昧に濁しながら、私も団子を口に放り込んだ。

その日も劉伶さまのための夕食は、いつものようにたくさんの献立が用意されていた。

しかし子雲さんがやってきて、白露さんになにやら耳打ちしている。

「麗華、ちょっと」

そしてそのあと白露さんに呼ばれた。

「実は陛下が風邪をお召しになったみたいなの。医者には診てもらっているらしいけど、薬膳でもなにかできないかとの依頼よ」

「お風邪を⁉」

そういえばここ数日、食事の残りが多い。食欲がなかったのかもしれない。

「どのような症状でしょう……」

熱があるのか、腹を下しているのか……。症状によって使う食材も変わってくるし、どんなものなら食べられるのかも知りたい。

「それはちょっとわからないわ……」

白露さんがつぶやくと、子雲さんが口を開く。

「麗華さま、陛下のところに一緒に行っていただけませんか。実は医者には食事はいらないとばかりおっしゃっています。それではよくないと申し上げているのですが頑なで。陛下に薬膳のご説明をして食べていただけるように懇望していただけないでしょうか」

「私が？」

医者の言うことを聞かないのに？

「はい。ひとつでも望みがあるのなら試したいのです。幸い、陛下は薬膳に関しては興味がおありですし、心が動くのではないかと」

まったく食べ物を受け付けないほど症状が重いのだろうか。

「承知しました。できる限りのことはさせていただきます」

劉伶さまのことが心配でたまらない。

私は子雲さんに続いて厨房を離れた。


てっきり蒼玉宮に行くと思ったのに、子雲さんは応龍殿に向かう。

私たち後宮入りした者も、尚食の仕事以外でも許可があれば門を出ることができるらしい。

「政をなさっているのですか？」

「いいえ、応龍殿の奥には休憩できる部屋があり、寝台もあります。陛下はそこでお休みになっています。蒼玉宮には武官の玄峰さまを入れることができませんので、現在はそちらに。陛下は武術も達者でいらっしゃって、お元気ならば玄峰さまより優秀でいらっしゃるくらいなのですが……」

今は弱っていて身の回りを警護してくれる人がいつも以上に必要だから、応龍殿なのか。

それほどひどいの？

「やはりいつも通りの食事では喉を通らないようで、お休みくださいという博文さまの進言にも耳を傾けられません。博文さまが、もう麗華さましか説得できないのではと」

子雲さんは眉根を寄せる。

「私に陛下を説得できるとは思えませんが、食事はとっていただきたいです。とにかくお話をさせてください」

「よろしくお願いします」

応龍殿に到着すると、博文さんが丁寧に出迎えてくれた。

「申し訳ありません。目立った行動をするのはどうかと思いましたが、陛下が頑なで」

久しぶりに交わした彼との会話にうなずく。

「体が病んでいるときこそ口から栄養を摂取するのは大切です」

趙さんのおじいさんも何度も深刻な状態に陥ったけれど、食べられるようになると回復が早かった。

「ええ。子雲、人払いを」

それからすぐに入ったことのない奥の部屋に案内される。すると玄峰さんも姿を現した。


子雲さんは頭を下げて出ていった。

「かしこまりました」


「麗華さん、いつもうまい食事をありがとう」

「とんでもないです。陛下は……」

「実は四日ほど前から熱があります。医者に薬は処方されていますが、政も忙しく、お休みくださいと申しましても拒否されます。だからか、なかなかよくならなくて」

玄峰さんと挨拶を交わすと、博文さんが説明してくれた。

そんなに前から？

それで房にも姿を現さなかったのかも。

食事を献上する際も、顔を見ることがなかったので気づけなかった。

玄峰さんが扉を開けてくれたので足を踏み入れると、片隅に置かれていた寝台で劉伶さまが額に汗を浮かべ息を荒らげている。

「陛下。朱麗華です。おわかりになられますか？」

傍らに行き話しかけると、彼は重いまぶたを持ち上げる。

「麗華……」

「人払いはいたしました。普通にお話しください」

博文さんが告げると、劉伶さまはうなずいた。

「劉伶さま、こんなにひどくなるまで頑張られたんですね。食欲がないとお聞きしましたが、食べていただきます」

目の前にいるのは、彗明国で絶対権力を誇る光龍帝。けれどもこれは彼の命を守るための命令だ。

「ははっ、麗華は厳しい」

「失礼します」

私は彼の額に触れた。

想像以上に熱が高くて驚愕する。

「舌を見せてください。裏もお願いします」

誰の言うことにも耳を傾けないと言っていたけれど、素直に舌を出してくれる。観察すると暗紫色をしていて、舌下静脈が浮き上がっていた。

「瘀血《おけつ》の状態だと思います。血の流れが滞っていて臓器の働きが弱っています。過労ではないですか？」

尋ねると、劉伶さまの代わりに博文さんが口を開く。

「劉伶さまは、地方の経済状態を改善するために知恵を絞っています。そのためにたくさんの人に会い、陳情を受けておりました。それこそ四六時中」

そうだったのか。

「劉伶さま、私たち地方で暮らしていた者にとっては本当にありがたいお話です。でも、志半ばで光龍帝がお倒れになっては、地方はよくなりません。国民を救ってくださるのなら、まずはご自分を大切になさってください」

彼は私利私欲を満たしていた香呂帝とはまったく違う。いつか彗明国を発展に導くだろう。

「それが麗華の願いか？」

「はい」

「ならば、聞かないとな」

彼は口元にかすかに笑みを浮かべながらも、困惑したような複雑な表情をしている。

皇帝となり国を背負った今、わずかでも手を抜くのが怖いのかもしれない。きっと篤実《とくじつ》すぎるほどの人だから。

「政は少し博文さんにお任せして、休憩なさってください」

「陛下、どうかご指示を」

博文さんが臣下として懇願する。

「わかった。宋博文、余の休養の間、政は一任する」

「御意」

「あっはは。あんなに頑固だったのに、麗華さんの前では借りてきた猫のようだ」

緊迫した空気を和ませたのは玄峰さんだ。

「うるさい」

劉伶さまは皇帝の仮面を外してふてくされている。

あぁ、離宮にいた頃のようでホッとする。

「まずは高い熱をなんとかしたいですね。発汗が激しいので水分をとらないとまずいです。桑の葉茶を用意します」

桑の葉茶には熱を取る働きがある。

「あとは……梨をはちみつと一緒に煮てお持ちします」

梨にも解熱作用がある。はちみつはのどを潤すのに効果的だ。

「それなら食べられるかも。いつもの食事では入っていかないんだ」

これほど熱があるのだから当然だ。

「そうでしょうね。食べやすく調理しますからご安心を」

ひと口でも食べてもらうつもりだ。

口当たりのいいものから始めて、少しずつ食事を増やしていこう。

私がそう伝えると、劉伶さまはほんのわずかだが口角を上げた。

「博文、麗華を守ってくれ」

「わかっています。と言いましてもここには厨房がありません。子雲に託します」

「……うん」

劉伶さまは真っ赤な顔をして私を切なげな目で見つめる。

「麗華、ごめんな」

「なにが、ですか？」

「あとは私が説明しておきます。劉伶さまは麗華さんが食事を持ってくるまで眠ってください。玄峰に手を握らせましょうか？」

博文さんは離宮にいたときのように少し意地悪な笑みを浮かべてからかう。

「玄峰の手なんか握ったら、治るものも治らなくなる」

劉伶さまも笑みを漏らしたが、つらいのかすぐに真顔に戻った。

彼が目を閉じたのを確認してから、博文さんと一緒に部屋を出る。

「今は薬膳料理が必要だと麗華さんを呼び寄せていますが、後宮は嫉妬や羨望が渦巻く場所です。劉伶さまに近づきたい妃賓ばかりですから、あなたにその矛先が向かう可能性があるのです」

それで『ごめんな』だったのか。

「ですから、麗華さんとの接触をできるだけ避けるように進言してきました。でも、同じ男として劉伶さまがあなたに会いたいと思う気持ちは痛いほどわかるので、目をつぶっていたところもあります」

「そんな……」

劉伶さまはそれほどまでに私に会いたいと思ってくれていたのだろうか。

「今日、こうして呼んだこともすぐに広まるでしょう。その危険を冒してでも麗華さんを会わせたかった」

博文さんの真剣な表情を見て、緊張が走る。

「劉伶さまはここで毒を盛られ、腹違いとはいえ兄を死に追いやりました。威厳を保ち見事に政を仕切っていますが、本当は精神状態が限界なのです。子雲の話では、安眠というものもまったく得られていないようだ」

「私、できることはします。妬まれようが構いません」

そう訴えたが、彼は小さく首を横に振る。

「後宮はあの村とは違う。妬まれるだけでは済まないのです。最悪、麗華さんも命を狙われることも」

「命……？」

私の？　妃賓でもないのに？

でも、光龍帝の皇后の座を射止めたい者からしてみれば、近くをうろつき寵愛を得る女官は気にくわないのだろう。それが殺めるという発想につながるのが恐ろしい。

「そうです。だからいっそのこと、あなたを最初から皇后として迎えることも考えました。ですが、皇位簒奪の際に活躍してくれた地方の有力者の反感を買ってはまずい」

たしか両貴妃は、そのときに奔走した有力者の娘だと聞いている。

「いきなり市井の娘を連れてきて皇后に指名しても納得しない。ですからまずは後宮に入っていただき、その活躍ぶりを劉伶さまが気に入ってお手付きをしたことにしようと」

お手付きって……閨を共にするということだ。

博文さんにはっきり言葉にされて、耳が熱くなる。

「か、活躍と言いましても……」

「その点は誰も心配していません。実際、後宮では麗華さんの薬膳の知識について絶賛されていますし、皇帝の体調を支えているのですから。ただ、その能力が後宮では嫉妬にもつながるのです。劉伶さまはそれを心配されています」

自分も毒を盛られたのだから当然といえば当然か。

「でもやはり麗華さんの言うことしか聞かないのですから、近づけないことは難しい。困った人だ」

「す、すみません」

「あぁ、麗華さんではなく、劉伶さまのことですよ」

彼はようやく口元を緩めた。

「私たちや子雲が全力で麗華さんをお守りします。ですが、後宮内には子雲しか入れない。食べ物には気をつけて。後宮で信じられるのは、劉伶さまと子雲だけだと思ってください」

宦官はもちろん、青鈴ですら信じてはいけないんだ。せっかく仲良くなれたのに、悲しいとしか言いようがない。

けれども、長い間昇龍城で過ごしてきた彼らの言うことが正しいのだろう。

「承知しました」

残念に思いながらも、そう返事をするしかなかった。

それから待っていた子雲さんと合流して厨房に戻り、梨を煮て桑の葉茶も淹れる。難しい料理ではないのですぐにできた。

どうやらその間に、子雲さんがしばらく劉伶さまの食事はいらないと説明したらしく、白露さんが話しかけてくる。

「麗華。あなたがいてくれてよかったわ。薬膳なんてさっぱりだもの。しばらくお願いできると聞いたけど」

「はい。食欲もないそうなので、食べられるものから少しずつお作りします」

「お願いね。陛下にお出ししたらもう房に下がっていいから」

白露さんに嫉妬の念があるようには見えないけれど、見えないようにしているだけということもあるのか……。

それを見極めるのは私には難しいし、できれば彼女を信じたい。

とはいえ、博文さんに強く釘をさされたばかりなので気を引き締めた。

できあがった梨と桑の葉茶を持ち再び応龍殿に戻ると、劉伶さまは寝息を立てていた。

「眠ってる……」

安堵したものの、玄峰さんが首を横に振る。

「おそらくすぐに目覚めるでしょう」

そしてその言葉通り、「あぁっ」と大きな声をあげて目を開いた。

毎日こんな調子なの？

「劉伶さま。安心してください」

思わずそばに歩み寄り声をかける。すると彼は上半身を起こした。

「ごめん。驚かせた？」

「いいんですよ。汗びっしょりですね。水分補給をしなければ。お茶を飲めますか？」

茶壷から茶杯に注ぎながら尋ねると、「ありがとう」とうなずいている。

「お飲みになったら着替えをしたほうがいいです。汗で濡れたままですと、冷えてしまいますから」

私の話を聞いていた博文さんが、「子雲に着替えを持ってこさせます」と出ていった。

劉伶さまは、玄峰さんが毒見をしてくれた桑の実茶をごくごく喉に送っている。飲み物なら大丈夫らしい。

「早く治して麗華を自分で守りたい」

「えっ？」

「あはは。麗華さんに会うまで、あんなに沈んでいたくせして」

それを聞いていた玄峰さんが思いきり笑っている。

「玄峰はいつもひと言多い」

劉伶さまは玄峰さんをにらんでいるが、皇帝として威光を放っているわけではない。離宮にいた頃と同じく、親友同士が戯《たわむ》れているという感じだ。

「玄峰さん、劉伶さまの着替えの手伝いを……」

「麗華がしてよ」

「で、できません」

着替えを手伝うなんて恥ずかしいことは絶対に無理だ。

「随分元気になったんですね。男の衣を脱がせる趣味はあいにくありませんので、手短にお願いします」

「ちょっ、乱暴にするなよ、玄峰」

私が劉伶さまに背を向けている間に、どうやら夜着を脱がされているようだ。

「玄峰さん。劉伶さまの汗を拭いてください」

「わかった」

ふたりはなにやら小競り合いを始めた。

「痛いって。力の加減を知らないのか？　一応皇帝なんだぞ」

「あぁ、そうでしたね」

「皮膚が破れる。麗華、助けて」

劉伶さまの悲痛の叫びもあっさりと聞き流されたようで、くすりと笑みを漏らしてしまった。

「ふふっ。元気そうでよかったです」

こうしていると離宮にいるみたい。

そこに博文さんが着替えを持って現れた。

「玄峰、劉伶さまの背が真っ赤だけど？」

あれ、本気で痛かったの？

「だから麗華に頼んだのに」

「なるほど。無茶を言ったんですね。玄峰、続けて」

「博文まで……。痛いって」

三人のやり取りがおもしろすぎる。

「はぁ、余計に熱が出そうだ」

どうやら着替え終わったらしく、劉伶さまがつぶやいている。

私は振り返って、彼に近づいた。

「食べてくださいね」

「うん。麗華の作ったものなら食べられそうだ」

梨の入った器を差し出したものの、劉伶さまが手にする前に引いた。毒見がまだだった。

「ごめんなさい。先に食べます」

「それは俺が」

私が口に入れるより前に、玄峰さんがためらいもなく食べ始める。

「うん、うまい。もうひとつ」

「玄峰、俺のだ」

低い声で玄峰さんを牽制した劉伶さまだったが、その目は憂いを含んだ色をしている。毒見など大切な人にさせたくないに違いない。

でも、材料は厨房にあったものなので、やはり必要な行為なのだ。

劉伶さまが食べ始めると、博文さんが口を開く。

「麗華さん、毒見は私たちがします。ですから絶対に麗華さんはしないでください」

「どうしてですか？」

ふたりだって劉伶さまに必要な人だ。いや、私とは比べ物にならないくらい、彗明国にとって必要な人。おそらくこのふたりを頼って政を司っているのだから。

「文官や武官はいくらでも代わりがおります。そのための科挙、武挙試験なのです。ですが、麗華さんはこの世にひとりしかいらっしゃいません」

「私はただの尚食ですよ」

「劉伶さまの顔を見てください。口が尖っています」

本当だ。すこぶる不機嫌な表情で梨を咀嚼している。

ゴクンという大きな音のあと、劉伶さまが口を開く。

「麗華。お前は俺にとって唯一無二の女だ。ただの尚食なんかじゃない」

恥ずかしげもなくはっきりと言い切られて、なんと答えていいのかわからない。顔を伏せて黙っていた。

「しかし、博文と玄峰も殺すつもりはない。毒見にはなにか動物を飼おう」

「そうしましょうか。劉伶さまは優しすぎて、誰かに毒見をさせなければならないという罪悪感でまた熱を出しそうですから」

博文さんがそう言ったので、場が和んだ。

しばらくして、器に盛ってあった梨はすっかりなくなった。

「これなら粥も食べられそうですね。次はそうします」

「うん」

寝台に横たわった劉伶さまは、幾分か唇の色がよくなっている。

「それでは私はこれで」

心配でたまらないけれど、私の仕事は終わった。頭を下げて出ていこうとすると、

「お待ちください」と博文さんに止められる。

「どうかされました？」

「実は……麗華さんに許可をいただく前にちょっとした細工をしてしまいまして」

「細工？」

なんのことだろう。

「子雲に劉伶さまの着替えを取りに行かせたとき、女官の衣も一緒に用意させ、それをわざと目立つように持って麗華さんの房に戻るように言いつけました。大男ですから、子雲の懐から女官の衣が見えれば、一緒に歩いているように見えるでしょう」

それがどうしたの？　まったく話が読めない。

「つまり、麗華さんは房に戻ったことになっています」

「なるほどね。ここで寝ろと言っているわけだ」

私より先にその意図に気づいた玄峰さんが言う。

「え……」

「さすがは彗明国の頭脳だな」

まだ少しけだるさの残る声で劉伶さまが博文さんを褒めたたえる。

しかし私は唖然としていた。

「お願いできないでしょうか。劉伶さまはもう何日もまともに眠れていない。このまま発熱が長引けば、政も滞ります」

「政は博文さんがされるのでは？」

さっきそういうことになったはずなのに。

「それは書類の調印などの形式的な仕事だけです。彗明国は、劉伶さまのひと言でなにもかもが動きます。誰にも代わりなどできません」

政を司っている姿を見たことはないが、それほどの権力を握っているのか。それは心に負担もかかるだろう。ひとつ間違えれば、国が滅びる。その責務をひとりで背負っているのだ。

「えっと……」

「離宮ではそうしてただろ？」

ためらう私に劉伶さまが畳みかける。

「でもそれは、まさか皇帝になる方だとは思っていなかったからで」

「たしかに俺は彗明国の皇帝だが、麗華の前ではただの男だよ」

「そういうことは、ふたりきりのときにやってください。博文、退散しよう」

玄峰さんが呆れたように溜息をつく。

「麗華さん、どうか劉伶さまの我儘を聞いてください」

博文さんが私に頭を下げるので慌てる。

私だって劉伶さまに眠ってほしい。

「わかりました。でも劉伶さま、明朝は粥を食べてくださいね」

「御意」

劉伶さまがそんな返事をするので、あとのふたりは笑いを噛み殺して出ていった。

扉が閉まると、劉伶さまは手を伸ばしてきて私の腕に触れる。

「強引にごめん。あのふたりもずっと眠っていないんだ。今晩も隣の部屋で待機しているはずだよ。でも、俺がうなり声をあげなければ眠れる」

劉伶さまはふたりを休ませたくて、私を引きとめたのか。

さすがは科挙試験に合格するほどの人たちだ。瞬時に頭が回る。

「そうだったんですね」

「俺のためにためらいなく毒見をしてくれる友だから大切にしたい」

やはり気にしている。

きっと皇帝となるには優しすぎる人だ。でも、優しいからこそ導かれる国の平穏があるような気がする。

それから彼は衾をめくり、「おいで」と優しい声で囁くように言う。

「待ってください。同じ褥で？」

「ひとつしかないだろ？　離宮の寝台よりずっと広いから落ちたりしないよ」

落ちるとか落ちないという心配をしているわけではない。

「麗華も熱があるみたいだな。顔が真っ赤だ」

「こ、これは違いま……あっ」

恥ずかしさに頬を赤らめていると、強い力で引かれて寝台に乗ってしまった。

「心配しないで。思慮なく手をつけたりはしない。麗華のことは絶対に欲しいから、慎重に事を進める」

本気で皇后にするつもりなんだ。

でも、『絶対に欲しい』とまで言われて、うれしくないわけがない。

「移すといけない。こっちを向いて寝るから」

なかば無理矢理、隣に寝かされたものの、彼は優しい。

熱い手で私の手を握った劉伶さまは、反対の方向に顔を向けて眠りについた。


夜中は熱のせいで発汗し眉をゆがめることはあったものの、そのたびに汗を拭い、「ここにいます」と語りかけていたら、朝まで目覚めることなく眠った。

朝日が昇る頃、寝息を立てている劉伶さまの様子をうかがったが、随分顔色がよくなっていてひと安心。

彼を起こさないよう寝台を下りて隣の部屋に行くと、博文さんが出迎えてくれた。

玄峰さんはまだ眠っている。

「やはり麗華さんの力は絶大だ。劉伶さまが叫び声をあげずに眠るなんて。必ず皇后になってください」

「いえ、そんな……」

劉伶さまのそばにいたい。でも、皇帝の妻なんて自信がない。

「あなたは彗明国にとっても大切な方。皇帝陛下が力を発揮するのに必要な人です。そろそろ子雲が参ります。宦官の衣を持ってくるように言いつけてありますので、そちらに着替えて子雲の懐に隠れてお戻りください。ありがとうございました」

まるで自分のことのように深く頭を下げる彼は、本当に劉伶さまのことを大切に思っているのだろう。

私は満たされた気持ちで応龍殿を出て房に戻った。


房ではゆり根酒の壺を引っ張り出した。

これが早く飲めるようになれば、もう少し安眠できるはずなのに。

離宮で根気よく続けていたらとても調子がよかったことを思い出して、壺の中の酒を混ぜる。そして再び荷物の奥に押し込んだ。

それから厨房に向かい、劉伶さまのために棗と高麗人参を入れた粥を作り始める。粥はたくさん食べてもらえるように彼の好きな鶏の湯で作った。

棗は不眠にもいいし、疲れたときにも効果的。高麗人参は薬膳で使う素材の中では秀逸で、気を養うには最高の素材だ。

それからもうひとつ、解熱作用のある葛を使って餅をこしらえた。これは口当たりがよく、気が向いたときに食べてもらいたいと思ったからだ。

医者から薬は処方されているので、料理はあくまで脇役でいい。けれども、おいしく食べるという行為そのものが人を元気にすると信じている。

それらを作っていると青鈴がやってきた。

「麗華、早いね。あっ、陛下の？」

「そう。食欲がないそうなので食べやすいものを。青鈴は？」

今日は劉伶さまの食事がいらないので、尚食の仕事はお休みのはず。

「喉が渇いて。杜仲茶を飲みたいなと思ってね」

彼女は私の隣で杜仲茶を淹れ始めた。

「そういえば香妃がまた麗華になにか作ってもらいたいって。それに麗華の噂、李貴妃の耳にも届いているみたい。貴妃に目をかけてもらっている女官が言ってたよ」

「李貴妃まで？」

妃賓の中で位が一番上の李貴妃。遠目に見たことがあるが、とてもお美しい方だった。

「うん。そのうち依頼があるかもね。お腹の調子が悪いんだって」

「そっか……」

「すごいよね、麗華は。あっという間に妃賓に気に入られてるんだもん。それに光龍帝さまにまで。いつか貴妃になっちゃいそう」

彼女は口角を上げてみせたが、いつものような弾けた明るさがない。

「そんな。私は料理が好きなだけ」

青鈴はお茶を淹れると、小さくうなずいて出ていった。


劉伶さまには粥と葛餅、それと博文さんと玄峰さんの分として湯をとった鶏でピリッと辛い棒棒鶏《バンバンジー》と、卵ときくらげの炒め物もこしらえた。

ふたりは劉伶さまと食事を共にしているはずなので、尚食が作らなければまた『まずい』という料理を自分たちでするのかもしれないと思ったからだ。

劉伶さまと一緒に闘っているのだから、彼らだって栄養を取らなくては。

そうしていると子雲さんがやってきた。

「運びましょうか」

「子雲さん、こちらから取り分けて食べていただけますか？　毒見をさせて申し訳ありません」

「いえ。それではいただきます」

彼は大皿からほんの少しずつ取り分けるので、私は多めに盛った。

「お嫌いでなければ食べてください。陛下のお食事に気を配ることはできますが、子雲さんにも元気でいていただきたいので」

彼らも女官に依頼するか自分で作るなどして調達している。もしかしたら料理上手という可能性もあるが、ついでなのだし食べてもらいたい。

「ありがとうございます」

彼が感極まった様子で頭を下げるので焦った。そんなたいそうなことをしたわけではないのに。

「ひと口ずつ食べさせていただき、一旦房に運びます。陛下に温かいものを」

「そうですね」

本当に気配りのできる人だ。

彼は毒見をしたあとすぐに自分の分を房に持っていき、私と一緒に応龍殿に向かった。

「毒見は済んでおります」

子雲さんは運んでくれた料理を玄峰さんに渡す際、そう付け足して出ていく。

「麗華さんが子雲に頼んだの？」

「はい。劉伶さまが気にされるので、目の前でなさらないほうがいいかと」

私や子雲さんを信頼してもらえていなければできないことだ。でも、そのあたりは大丈夫だと踏んだ。

「そうですね。ところで劉伶さまがおひとりで食べられるには多すぎでは？」

博文さんが口を挟む。

「この二品はおふたりでどうぞ。あっ、もちろん劉伶さまが食べられれば食べていただいてもいいのですが、まだ消化がよさそうなもののほうがいいかと思いまして」

「聞いたか、博文。お前のまずい飯を食わなくて済む！」

「それはこちらの台詞だ、玄峰」

ふたりはとてもいい関係だ。会話を聞いていると楽しい。

「劉伶さまは起きられていますか？」

「はい。目覚めもよく、熱も下がっているようです。医者の薬より麗華さんのほうが効果があるとは。さあ、お待ちかねです」

博文さんは笑いを噛み殺しながら私を促した。

「おはようございます。お食事をお持ちしました」

「麗華、おはよう。久々に体が軽いよ。麗華は大丈夫？」

「私は平気です。粥と葛餅を用意しました。食べられますか？」

尋ねると彼は大きくうなずいた。

それから、離宮のときのように四人で卓子につき、食事を楽しんだ。

思えばあの頃は本当に楽しかった。劉伶さまの毒を抜くという使命はあったものの、皆が笑顔で私の料理を楽しんでくれる至福の時間だった。

今は場所も立場も変わったけれど、なくしたくない光景だ。

劉伶さまは葛餅を気に入ったらしく、かなりの勢いで食べている。

「これで風邪がよくなるなんて最高だな。うますぎて、毎日でも食べたい」

「劉伶さま、もうすっかり食べられるじゃないですか。昨日の晩まではいらないと我を通していたくせして」

博文さんの指摘にいちいち顔をしかめる様子は、皇帝とは思えない。

「本当にお前たちはうるさいな。麗華とふたりきりがいい」

「また我儘が始まった」

玄峰さんは棒棒鶏を大口で食べながら呆れている。

けれど多分、劉伶さまは我慢ばかりの人だから、こうして我儘を言える場所が必要なのだと思う。それをふたりも承知していて、茶化しているだけ。

「ずっと風邪を引いていたいな。そうしたらこんなに楽しく飯も食える」

「迷惑です」

博文さんはぴしゃりと断言して卵を口に運ぶ。

でも皆、本当はそう思っているのではないだろうか。

皇帝の顔をして堅苦しい挨拶をしなければならない劉伶さまも、常に気を抜けない博文さんと玄峰さんも、離宮にいた頃より肩に力が入っているのが一目瞭然だ。それでも、彗明国のためには頑張ってもらわなくてはならない。

また香呂帝のような私利私欲に溺れる皇帝が頂点に立ったら、国民が不幸になる。

「そういえば、例の件はどうなっている？」

劉伶さまが突然博文さんに話を振った。

「北方の町で軍が立ち上がりそうなのは間違いありません。ですが、今のところ禁軍の勢力にははるか及ばず。たとえ攻め込んできても犬死にでしょう」

皇位を奪還してそれで済んだわけではないんだ。

当然かもしれないけれど、軍なんて今まで私にはまったく関係がない話だったのでハッとした。

「今のうちに叩きますか？」

次に玄峰さんが眉を上げて尋ねる。

「いや。〝善《よ》く士たる者は武《ぶ》ならず。善く戦う者は怒《いか》らず。善く敵に勝つ者は与《とも》にせず。善く人を用うる者はこれが下《しも》と為《な》る〟という教えがある。もう少し軍を募った背景を探れ」

劉伶さまが不敵な笑みを浮かべてつぶやく。

どういう意味？

彼らのように賢くはないのでわからない。

私が首を傾げていることに気づいた博文さんが口を開いた。

「優れた武人は武力で物事を解決しない。優れた戦士は怒りに身を任せることはない。上手に勝ちを収める者は相手と争わない。人を使うのがうまい者は上に立とうとはせずへりくだる、というような意味です。不争の徳——つまり戦わないことこそが徳であると」

発言の意味がわかったとき、劉伶さまの政の在り方に激しく共感を覚えた。

香呂帝を追い込んだときも最小限の血しか流れなかったと聞いている。本来なら皇帝崩御の際、自刎すべきだった妃賓や多くの宦官も後宮から逃がしたとか。

もしかしたらそうした人たちが反対勢力となって襲ってくる可能性だってあるのに、光龍帝は血を流さない選択をしたのだ。

私はそんな光龍帝が彗明国を導いてくれることをうれしく思う。

「素晴らしいですね。村にいた頃は貧しかったですが、争いもなく穏やかでした。後宮の生活は贅沢で華やかですが、心休まりません。それはきっと、皇帝や皇后の座を狙った争いがあるからでしょうね」

「そうですね。劉伶さまも皇帝の椅子を望んでいたわけではない。文官として私たちと一緒に働いていただけでした。でも、皇帝の血を引くというだけで命を狙われた」

博文さんが苦々しい顔で吐き捨てる。

すると劉伶さまは静かに口を開いた。

「麗華を巻き込んだことは今でも正しかったのかわからない。まったく俺の我儘だ。ただ、ひとつだけ望むとしたら、麗華だったんだ」

彼は私に視線を絡ませて感情を吐露した。

「ならば、彗明国を平和に導き、麗華さんを皇后に迎えるしかないな。我々は死ぬも生きるも一蓮托生《いちれんたくしょう》だ。どうやら武力はあまり必要ないようだが、全力は尽くす」

玄峰さんは右の口角を上げる。

「麗華さん、劉伶さまをお願いします」

博文さんが頭を下げる。

「な、なにをおっしゃっているんですか！」

この三人とは同じ場所には立てない。私は料理で癒すことくらいしかできないもの。

「今日一日、気を養わせてくれ。明日からはまた皇帝に戻る」

「そのように」

今日一日は、光龍帝ではなく伯劉伶さまとして過ごせるんだ。

それがうれしくもあったが、彼が背負った運命を気の毒にも感じた。

仲を取り持つ杏仁豆腐

後宮に戻ったあと、あれこれと思いを馳せる。

「私にできること……」

劉伶さまたち三人が、自分を犠牲にして彗明国を導こうとしている。私にもなにかできることはないだろうか。

そんなことを考えていると子雲さんが訪ねてきた。

「麗華さま。李貴妃がお呼びです」

「貴妃が？」

青鈴の言っていた薬膳のことかしら。

私は慌てて身なりを整え、紅玉宮に向かった。

「朱麗華さまをお連れしました」

宮の入口で子雲さんが声をかけると、女官が扉を開ける。

上級の妃賓にはこうして女官や宦官が何人もついて世話をしている。

子雲さんと別れ、女官と共に扉の先に進むと、髪を元宝髻《げんぽうけい》に結い見事な金の歩揺を挿した李貴妃が私を笑顔で出迎えた。

「朱麗華でございます」

私はすぐに跪き、頭を下げる。

「突然ごめんなさい。薬膳料理の噂を聞いて興味を持ったの」

「恐縮です」

やはりそうだったか。

「私の食事も作っていただけないかしら」

「承知しました。どのようなお悩みがございますか?」

青鈴がお腹の調子が悪いと言っていたような気がするのだけど。

「月のものの前になるとなんとなく気分が悪くて。その間はこのあたりに鈍痛が」

李貴妃は下腹を手で押さえる。

「それは気滞《きたい》という状態かと思われます。月のものの前に怒りっぽくなったり、気分がふさいだり、お腹が張るというような症状が出ます。そのようなときは茉莉花茶《ジャスミン》がよろしいかと」

「お茶でも改善できるのね」

「はい。ですが医者が出す薬とは違いますので、すぐに効果があるわけではありません。少しずつ体質を改善していくものと思っていただければ」

治らないと咎められても困ると、慌てて付け足した。

「体質……」

「はい。それと、体の冷えがあると痛みが増すことがあります。そんなときは体を温め血の循環を促す蓬《よもぎ》が効果的です。蓬は艾葉《がいよう》という薬でもありまして、止血や止痛の薬としても用いられます」

李貴妃は身を乗り出すようにして聞いている。よほど興味があるのだろう。

「実は今痛いの」

「そうでしたか。それでは蓬餅をお作りします。茉莉花茶もお添えしますね」

私は一旦退出して、厨房に向かった。

乾燥した状態で保存してある蓬を取り出し、早速調理を開始する。以前香妃に作った豆腐団子に蓬を入れるつもりだ。

それに小豆を黒砂糖で煮てのせる。小豆はむくみの解消に効果があり、月経のときに速やかに血を排出するのに一役買うと言われている。

蓬餅ができると、すぐさま紅玉宮に戻った。

控えていた女官が、おそらく毒見のために最初に口にしたあと、貴妃も食べ始める。

「おいしいわ。これで体質が改善するの？」

「あくまでひとつの例です。他に黒きくらげなども効果があります」

気に入ってもらえたようで、李貴妃の声が弾んでいる。

「あなた、素晴らしい知識を持っているわね。それで、その知識を使って陛下に近づこうとしているのね」

「えっ……」

今まで莞爾《かんじ》として笑っていた貴妃の瞳が、突然憤怒の色を纏うので唖然とする。

「姑息《こそく》な女。一介の尚食が、陛下に気に入られるとでも思っているの⁉」

李貴妃は食べかけの蓬餅がのった皿を私に投げつけた。

「い、いえっ。私はただ……陛下の体調がお悪いので薬膳料理を希望されているとお聞きしまして」

博文さんが言っていたのはこういうことなのだ。

「それでも辞退すべきよ。陛下に一番近いのは、この私よ！」

そして茉莉花茶を私の顔めがけてかける。

熱い……。

私はかけられた頬をとっさに拭った。

傍らで仕える宦官も女官も、にやにや笑っているだけで私を助けてくれそうにはない。

「申し訳ありません。ですが私は尚食です。陛下の体調を考えてお食事を準備するのが仕事です」

「あっははは。後宮に女官が何人いると思っているの？　あなたの代わりなどいくらでもいるわ」

高らかに笑い声をあげる貴妃は、跪いていた私のところに勢いよく歩み寄りいきなり頬をぶつので、床に倒れ込んでしまった。

「私に口ごたえするなんて。話せなくしてあげましょうか？」

「貴妃さま、なにか大きな音がしましたが、大丈夫ですか？」

そのとき、扉の向こうから子雲さんの声がした。

李貴妃は乱れた上襦を直してから答える。

「なんでもないわ」

「麗華さま、お仕事がございます。そろそろよろしいですか？」

「は、はい」

助かった。いや、助けてくれた？

私は怒りの形相の李貴妃に頭を下げてから紅玉宮を飛び出した。

後宮の怖さを本当の意味でわかっていなかった。少し陛下に気にかけてもらえているというだけで、これほどの仕打ち。疎まれれば命すら危ういというのは、事実だった。

ここでは足の引っ張り合いに懸命で、妃賓同士が手を取り合って彗明国を盛り立てようという気持ちなど皆無なのだ。

改めて恐ろしい場所に足を踏み入れてしまったと、生唾を飲み込む。しかしその一方で、負けたくないという感情も抱いた。

それは、劉伶さまたちが必死にこの国を守ろうとしているのを知っているからだ。

「お待たせ、しました」

「麗華さま、これは……」

おそらく、熱い茶をかけられた上に叩かれた頬が赤くなっているのだろう。

私の様子を見た子雲さんは言葉を失くし、私の背を押して促す。

焦りの表情を浮かべているのは、李貴妃からの伝言をした責任を感じているからなのかもしれない。しかし、こんな事態になると予想できたはずがない。

「心配いりませんよ」

だから私は小声で伝えた。

それでも彼は眉根を寄せて首を横に振り、足を速める。そして私を房に入れたあと、厨房から冷たい水と布を持ってきた。

「申し訳ございません。少し失礼いたします」

房に入ってきた彼は、冷たい布を私の頬に当てる。

「ありがとうございます」

「なにがあったんですか？　まさか、このようなことに」

「本当に大丈夫です。私が生意気なことを言ってしまっただけです。あっ、陛下には知らせないでください」

病んでいるというのに、余計な心配はかけられない。

「そういうわけには参りません」

「お願いです。陛下は〝善く戦う者は怒らず〟と教えてくださいました。ここで冷静さを失っても、李貴妃には勝てません」

私はこのとき初めて、皇后になることを強く意識した。李貴妃よりも、光龍帝――劉伶さまの近くに行かなければならないと。

それは、気に入らない者を排除して皇后の座を手に入れようとしている李貴妃のそばにいても、劉伶さまは気が休まらないと思えたからだ。

不争の徳を口にし、争い事を避けたいと考えている彼のためになるとはどうしても思えない。それなら私が皇后になって、劉伶さまの理想の国を作る手伝いをする。

いや、国政の手伝いなんてとてもできない。けれど、彼の心休まる場所を作ることはできる。

これほどひどいことをされたというのに、私の心には怒りより闘志が湧いていた。

「陛下は、麗華さまのご無事だけをひたすら願われています。麗華さまを危険にさらすことだけは決してするなと。私が浅はかでした。申し訳ありません」

「子雲さんのせいではありません。でも……本当は少し怖いので、できるだけ近くにいてくださると助かります」

「はい。このようなことが二度とないようにいたします」

謝罪すべきは子雲さんではないのに、悲痛な面持ちだ。

「私は……後宮の妃嬪や女官は、光龍帝を支えるための存在でなければならないと思います。跡継ぎが大切なのはわかります。でも、彗明国が繁栄してこそ未来を託す人物が必要になるのです」

たとえ次期皇帝を産んだとしても、彗明国が滅びていたら意味がない。

「おっしゃる通りです」

「後宮の揉め事で、劉伶さまの心を乱すべきではありません」

「しかし、おひとりで李貴妃と対峙されるのはとても……」

彼が躊躇するのはわかる。李貴妃にはたくさんの宦官や女官がついている。香呂帝のときのように、政の乗っ取りを企んでいる宦官が彼女を利用しようとしている可能性もある。

「ひとりでなければいいんです。味方を増やします」

「どうやって？」

子雲さんは目を丸くする。

できるかどうかはわからない。もしかしたら李貴妃に煙たがられて、命を狙われるような事態に陥らないとも限らない。

それでも、やらなければ。

「私には薬膳しかありません。それでなんとか。どうしても無理だと思ったときは、陛下にすがります。だから陛下のお耳に入れるのは少し待ってください」

子雲さんは表情をゆがめ、唇を噛みしめる。

きっと劉伶さまから私のことを随時耳に入れよと言われているのだろう。

けれど、私は私の力で血なまぐさい陰謀渦巻く後宮を、皇帝陛下――いや国を支える基盤となるような場所にしたい。

自分でも、なんて大それたことを考えているのだろうと呆れる。だって、つい先日までただの貧しい村の娘だったのだから。

しかし、命をかけても彗明国の国民を守りたいという劉伶さまの気持ちが理解できるからこそ、その夢の実現のための歯車になりたい。

「陛下も頑固な方ですが、麗華さまもそうらしいですね。承知しました。ですが後宮内では必ず私を伴ってください。それと、麗華さまのお口に入るものの毒見は私がいたします。それを了解してくださることが条件です」

どうやら子雲さんもなかなか頑固らしい。

「わかりました。よろしくお願いします」

子雲さんが毒見をすることは早いうちに周りに知らしめよう。そうすれば安易に盛る人間もいないはずだ。

私が手を差し出すと、彼はためらいながらも握ってくれた。

これは刎頸の友の証。劉伶さまたちが信じる彼を私も信じる。

夕食の時間まで必死に顔を冷やしたら赤みは飛んだ。火傷をしたわけではなさそうでホッとした。

その晩も劉伶さまには粥を用意した。

粥には瘀血にも効果的な蛤《はまぐり》を入れてある。蛤の殻は海蛤殻《かいごうかく》という咳や痰に効く漢方としても知られている。

蛤から湯が出て味もなかなかいい感じ。

他にも口当たりのよさそうなものを数品用意して、応龍殿に向かった。

薬膳料理のおかげか、医者の薬か、はたまた自己治癒力か、劉伶さまはとても元気になった。明日から政にも復帰するという。

さすがに今晩もここにとどまることは難しく房に戻ろうとすると、劉伶さまは博文さんと玄峰さんを部屋から出してふたりきりになった。

「麗華。お前がいてくれてどれだけ心強かったか」

彼はそう言いながら、私の左頬にそっと触れる。李貴妃にぶたれた左頬に。

「どうしたんだ」

気づかれていたの？

もうわからないと思っていたのに。

「あ……えっと、歩いていたら柱にぶつかってしまって」

「柱って……」

とっさに嘘をつくと、彼は困惑気味に顔をしかめて私を抱き寄せた。

「くそっ。どうしたらいいんだ。俺が動くと命のひとつやふたつ、すぐに飛んでしまう。どうしたら、麗華を守れるんだ」

誰かになにかをされたと気づいているのだ。子雲さんはあれからずっと私と一緒だったので、なにも伝えていないはずなのに。

彼が表立って怒りをあらわにするということは、その対象者に厳罰を下すということなのだろう。皇帝のひと言はそれほどまでに重い。

「麗華を苦しめるためにここに呼んだわけじゃないのに」

「わかっています。私は私ができることをして、劉伶さまのそばにいます」

そう伝えるので精いっぱいだった。

大切な人が皇帝だっただけ。そのためにたくさんの制約があるけれど、一緒にいたいのなら乗り越えるしかない。

「麗華……。俺は必ず民を幸せにする。だから少し耐えてほしい」

「もちろんです。劉伶さまは私の大好きな村の人たちを救ってくださるんです。こんなにうれしいことはありません」

香呂帝のままだったら、村は今頃飢えに苦しみ、助かるはずの命が失われていたかもしれない。

「ありがとう。子雲には離れないように言っておく。俺もできる限り房に行く」

「はい。お待ちしていますね。もう行きますね」

皇帝にあんなに狭い部屋に来てもらうことが正しいわけがない。でも、今はそうするしかない。蒼玉宮には後宮の妃賓の視線が常に向いている。そんなところでは会えない。

「……うん」

当惑の表情を浮かべる彼は、最後に私の手を握り視線を絡ませてから離れた。

翌日からは尚食の仕事も元通り。

しかし劉伶さまの体調がまだ万全ではないかもしれないので、しばらくは葛茶をつけた。

相変わらず、皇帝と女官という立場では視線を合わせることも叶わない。けれど、「美味であった」というひと言を聞くたび、心躍らせていた。

後宮では子雲さんに、薬膳の知識を生かした菓子を作ってお茶会をすると広めてもらった。

最初はいつも一緒に働く尚食の仲間から始めるつもりだったが、香妃が興味を示し、それならと白露さんに頼んで大掛かりな茶会を開くことにしたのだ。

これを通して後宮の妃賓や女官のつながりを作りたい。

ほとんど互いのことを知らず牽制し合っているばかりでは雰囲気が悪いし、いつか憎き相手を殺めるという事態に発展しそうだったからだ。

実際、香呂帝の後宮では何人もの妃賓が不審死したり、産まれたばかりの赤子が殺されたりしていたという。それもすべて皇帝の座をめぐる争いだ。

劉伶さまがどの妃賓のもとにも渡らず、男色だという噂が立っているのでそこまでのことは起こっていないが、李貴妃の激憤を見ていると遠からずそうしたことがあるかもしれないと感じた。しかも、その矛先は私に限らないと。そうなる前に、つながりを作っておきたい。

私は互いに情が湧けば、簡単に人を殺めたりできないのではないかと考えていた。

お茶会には香妃をはじめとして妃賓が三人、そして女官が十人ほど。さらには、尚食の仲間が参加した。

「本日はさつまいもを使いました餅菓子をご用意しました。さつまいもは便通の改善に役立ち毒素を排出しますので、肌荒れに効果があります」

後宮の中庭に集まった妃賓たちに、尚食が菓子を配り始める。

「餅の原料の餅米は、体を温めます。また活動の源である〝気〟を補う効果が大変強く、疲労回復にも効きます。気が不足すると新陳代謝が落ちて脂肪がつきやすくなるんです。ですから適度にお召し上がりいただけると、体型維持にも役立ちます。あくまで適度に。食べすぎは厳禁です」

効能を話すと、妃賓たちは目を大きくして驚いている。

「上に散らしてあります黒ごまは若返りをすると言われます。これも便通改善、美肌に効果があります。餅の甘味はさつまいもの甘味だけでして水飴をかけました。水飴は膠飴《こうい》と言われる漢方でもあり、胃腸の調子を整えます」

女官たちも目を輝かせている。

菓子は後宮の外から宦官に持ち込んでもらうことがほとんどで、後宮内で作られることはあまりないと聞いた。香妃に分けてもらった月餅のように、珍しいものなのだ。

「お茶は普洱茶《プーアル》をご用意しました。動物性の脂肪を分解する効果があり、こちらも体型維持に最適です。どうぞお召し上がりください」

「菓子でありながら、女性が気にしていることを改善したいと奮闘した品になっているはず。

妃賓たちに仕えている女官がまずは口をつける。毒見だ。

「まぁ、すごくおいしい」

するとすぐにあちらこちらから賞賛の声が湧き起こり、香妃をはじめとする妃賓たちも笑顔で食べ始めた。

どうやら大成功だったらしい。

積極的に調理を手伝ってくれた青鈴と顔を見合わせ、笑い合った。

普段はそれぞれ宮にこもり妃賓同士の交流は少ないと聞いていたけれど、菓子の感想を言い合っているうちに話が盛り上がってきた。

私も青鈴と一緒に餅を口に放り込みながら、その様子を観察していた。

誰が光龍帝の寵愛を賜り子を孕《はら》むかという競争のせいでギスギスしている後宮が、ほんのひととき和んだ気がする。

もちろん、その競争がなくなるとは思えない。けれどもその権利を手にするために邪魔な妃賓を殺めるという馬鹿な争いはなくなってほしい。

もし将来、私が本当に皇后となれたとしても、劉伶さまが別の妃賓のもとに通うことは皇帝としての仕事のひとつだとあきらめるつもりだ。皇帝は、跡継ぎを残すというのも大きな仕事だから。

正直に言えば、あの離宮で私だけを愛してもらいたかった。しかし、それはもう叶わない。

一抹の寂しさを覚えつつ、彗明国のためならばと考えていた。

茶会から五日後。

子雲さんと入れ替わった劉伶さまが私の房にやってきた。

「麗華」

久しぶりに聞く彼の柔らかな声が私の心を和ませる。

「もうすっかり風邪は治られたんですね」

「あぁ。麗華のおかげだ。滞っていた政の処理で博文に絞られているよ」

彼はくすりと笑みを漏らす。

「あれからはなにもない？」

私の左頬に触れて困惑の表情を浮かべる彼に、首を横に振る。

「大丈夫です。子雲さんがそばにいてくださいます」

李貴妃からの呼び出しはないし、宦官や女官からの接触もない。

「子雲ではなく俺が守りたい」

彼は唇を噛みしめているけれど、こうして房に来てくれるだけで十分すぎる。

「劉伶さまは国を導くお仕事がありますもの。それに、国が平和でなければ私も幸せではありません」

「優しいんだな、麗華は」

口角を上げる彼は、私を腕の中に閉じ込めた。

彼はしばしばこうして私を抱きしめるようになったが、本当に心地いい。不安が一瞬で吹き飛んでいく。

「今、少し地方に不穏な動きがある。兵を集めている地域があるんだ。そこを抑えなければならない」

先日話していた件だ。

私は一旦離れて彼の目を見つめる。

「切羽詰まっているのでしょうか？」

「いや。そういうわけではないが、今の状況に不満があることはたしかだろう。芽が小さなうちに摘んでおく必要がある」

たしかに一理ある。

「〝大国を治むるは小鮮を烹《に》るが若《ごと》し〟と言う。まずは博文の臣下の文官を数人派遣して、彗明国の発展のために働けば決して排除はしないとわかってもらい、地方でなにをすべきか考えさせるつもりだ。地方には俺たちが知らない事情もあるだろうからね」

「小鮮を烹る……？」

やはりなにを言っているのかわからない。

「ははは。小魚を煮るときに、むやみやたらとかき混ぜたらどうなる？」

「身が崩れます」

「うん。つまり、大国を治めたいのなら、小魚を煮るときのように必要以上に手出しをするなということだ。禁軍を使って圧をかけるのは簡単だ。でもそれでは必ず強い反発が生まれる」

なんて思慮深いのだろう。

無理矢理従わせれば反発勢力の勢いが増す。だから、文官を使って今後について冷静に考えさせようとしているのだ。

やはり彼は彗明国の頂点に立つべき人。

なにものをも凌駕《りょうが》する劉伶さまのそばに私がいていいのかと不安になるほどだった。

「それが一段落したら、麗華を皇后にと考えている」

「私……」

彼の上衣をつかみ視線を絡ませる。

劉伶さまの瞳の奥には、離宮にいた頃の優しさと、皇帝としての威厳の両方が宿っている。

こんな人に愛されて、どれだけ幸せなのだろう。でも、彼は私だけのものには決してならない。

「どうした？」

「いいえ。劉伶さまにふさわしくなれるように努力します」

「もう十分だよ」

目を弓なりに細める彼は、柔和な声で囁いた。

「そういえば、茶会をしたとか」

子雲さんから報告があったのだろう。

「はい。できれば後宮の妃賓同士仲良くしていただきたいと思いまして。せっかく劉伶さまが血を流さないようにと奮闘されているのに、後宮で無用な争い事があっては残念ですから」

「そんな思いがあったのか。たしかに後宮は代々恐ろしい場所だと言われている。皇帝の子を産みたい妃賓だけでなく、有力な妃賓についてのし上がりたい宦官もいる。ある意味、地方の軍より質が悪い」

彼は腕を組み、難しい顔をする。

「麗華のその志は素晴らしい。だが、決して無理はするな。どれだけ論を尽くしてもわかり合えない人間がいることも覚えておいて」

もしかしたら、香呂帝がそうだったのかもしれない。腹違いとはいえ、兄を死に追いやりたくなかったはずだ。

「わかりました。でも私、自分が作ったものを笑顔で食べてもらえるのがうれしいんですよ」

「そうか。麗華の作るものは本当にうまい。今晩の東坡肉《トンポーロー》も最高だった。玄峰が博文の分まで食べて喧嘩をしていたよ」

「えっ？　あははっ」

国を動かしている人たちが食べ物で喧嘩なんて。

けれど離宮での食事の風景を思い出して、ふと心が和んだ。

「そういえば、ゆり根酒がそろそろよい頃です」

私は自分の部屋の奥に隠してあった陳皮ゆり根酒と、竜眼肉を取り出した。

「懐かしいな。これを飲むと次第によく眠れるようになって。でも、麗華と一緒に眠りたくてもう大丈夫だとは言わなかった」

え！　まさか彼も効果を実感していて、私の手が必要ないとわかっていたなんて。

しかも、私と同じように一緒に過ごしたいと思っていたんだ。

驚嘆していると、彼はゆり根酒をグイッと喉に送る。

「毎晩子雲さんに蒼玉宮に運んでいただきます」

「うん。毎日来たいけど無理そうだ」

万が一、彼の出入りが知られてはまずい。今は後宮に波風を立てるべきではない。

地方の軍を抑えるのが先だ。

「劉伶さま。劉伶さまはひとりじゃありません。皆が劉伶さまを守ります。もちろん私も」

毒を盛られたという苦しみや、それに加えて兄を死に追いやったという悔恨もひとりで背負わなくていい。

今まで何度も伝えてきたことを改めて口にする。

「ありがとう。麗華は俺が守る」

「はい」

彼は私をもう一度抱きしめてから戻っていった。


茶会の噂はどんどん広がり、ついに范貴妃の耳にも届いた。貴妃付きの宦官から、次の茶会はいつかという発問があったのだ。

「今度はなにを作ろうかしら」

昼食のあと青鈴に相談すると彼女もしばし考えている。

「やっぱり菓子がいいわよね。菓子できれいになったり体型が維持できたりするなんて素晴らしいもの」

「でも食べすぎたら意味がないのよ」

前回の茶会でも、何度もそこは強調しておいた。

薬膳は特効薬ではないので、すぐに肌がきれいになるわけでも、体が絞れるわけでもない。ちょっと手助けをする程度だから。

しかし、離宮で陳皮ゆり根酒が劉伶さまに効果があったと知ったので、薬膳料理の可能性をより強く感じている。

「わかってるんだけど、麗華の作るものはおいしくて、つい食べすぎちゃう」

「ありがと」

香妃からはあれからときどき依頼があり、青鈴と一緒に食事を作って届けることがある。その残りをふたりで分けることもしばしばなのだ。

「杏仁豆腐にしようか」

「私、好きなの！」

青鈴が喜んでいる。

「杏は、咳止めの効果が一番知られているんだけど肌も潤すの。あとは便通もよくなるって言われてる。それと、枸杞の実も使おう。これは老化防止に一役買うわよ」

「楽しみになってきた。たくさん来てくれるといいね」

満面の笑みを見せる彼女は、とても楽しそうだった。

茶会はそれから五日後。

杏仁豆腐だけでは寂しいと、青鈴と相談して馬拉糕《マーラーカオ》をも作ることにして、しかも大量に用意した。というのも、范貴妃が出席されるということで妃賓の多くが興味を示して、参加人数が前回の倍以上になったからだ。

せっかく妃賓が集まるのだからと、范貴妃が礼楽を行う尚儀の女官に声をかけ、楽器の演奏や舞まで行われるという盛大さ。

後宮をひとつにしたいと考えて始めた小さな一歩が、これほど急速に広がりを見せるとは。

まだまだひとつになるには遠い道のりだが、妃賓たちがいがみ合い牽制し合うだけでなく、仲良くそして楽しく過ごせるようにしたい。

尚食の仲間に菓子を配ってもらう間に、説明を始める。

「本日の馬拉糕は甘さを控えめにしました。その代わりに肌を潤し、便通をよくする杏で作った餡を添えてあります。他には老化防止に役立つ栗を入れたものや、甘い香りが特徴で月経不順によいと言われる丁子《ちょうじ》を用いたものなどのご用意がありますので、お好きなものをお受け取りください」

そう言い終えたとき、中庭の入口がざわつきだした。

いったい何事かと思い視線を向けると、「陛下がお渡りになる」という宦官の声が耳に届く。

劉伶さまが？　まさかここに？

「尚食の者、陛下の菓子も用意しなさい」

そして次にそんな指示が飛んだので、劉伶さまがやってくるのが間違いではないとわかった。

青鈴と顔を見合わせ菓子と烏龍茶を用意すると、大勢の宦官が姿を現したあと光龍帝がやってきた。

出席している貴妃をはじめ女官たちは、椅子から下りて叩頭してお迎えする。もちろん給仕をしていた私たち尚食も。

こうしたときに陛下のおもてなしをするのは、位の高い妃賓、つまり今日は范貴妃ということになる。

先ほど宦官が用意していた椅子に劉伶さまが座ったと思われる音がすると、范貴妃の声が聞こえてきた。

「陛下が茶会にいらしてくださるとは。ありがとうございます」

「楽しそうな催しがあると聞いてな。余は後宮の皆には穏やかに過ごしてもらいたい」

「そのように」

范貴妃が恐縮している。

「皆、顔を上げなさい」

劉伶さまの発言に驚嘆の声があがる。私たちのような下級女官は、生涯陛下の顔を見ることが叶わないというのが当然のように語り継がれているからだ。

「どうした。そうでないと菓子は食えぬぞ」

ためらう妃賓や女官に優しい声をかける劉伶さまは、素の彼に近いのかもしれない。

「それでは失礼いたします」

貴妃の声と共に、一斉に皆が顔を上げた。

一瞬静寂が訪れたのは、皆緊張しているからかもしれない。いや、眉目秀麗な光龍帝に目を奪われている？

范貴妃を含め、この中の数人が将来彼の子を孕むのかもしれないと考えると、少し胸が痛くなった。


宦官が毒見をしたあと、宴の始まり。

尚儀の女官たちが高らかに楽器を演奏し、舞を舞う。

その中で、私たちが作った杏仁豆腐と馬拉糕がどんどんなくなっていった。

「まさか、陛下がお越しになられるとは」

小声で青鈴がつぶやく。

「うん。驚いたわね」

妃賓たちは尚義の舞より劉伶さまに目を奪われていた。

二刻ほどで舞が終わり、どちらの菓子もすべて食べてくれた劉伶さまが戻ることになった。

「いつも余を支えてくれて感謝している。余は紛擾《ふんじょう》を好まぬ。後宮で無用な争いをして血を流すようなことがなきよう」

最後に凛とした声で私たちに釘をさし、一瞬私に視線を合わせてから去っていく。

「陛下が私たちに『感謝している』とおっしゃったわ！」

「なんて素敵な方なのかしら」

うしろ姿が見えなくなると、すぐさま妃賓や女官のおしゃべりが始まった。

これほど光龍帝に憧れている人たちがいる。

彼の寵愛を受けることの重大さを知り、身震いするほどだった。

「朱麗華」

そのとき、范貴妃から声がかかり、慌てて向かう。

「はい」

「とてもおいしい菓子でした。それに、妃賓たちと交流できてよかったわ。陛下までお渡りになられて……。ぜひまた開いてください」

「ありがとうございます」

范貴妃の人となりをまったく知らなかったが、李貴妃に辱めを受けているので少し怖かった。けれども彼女は気性の穏やかな人のようで安心した。


それからはひたすら尚食として働いた。

顔を伏せたままではあるけれど、皇帝としての劉伶さまの『ありがとう』や『働きに感謝する』という声を聞くだけで満足していた。

劉伶さまはやはり私の房に来ることが簡単ではなく、最後にふたりで会ってからもうふた月が経過している。

その間に数回茶会を催し、参加人数がすさまじい勢いで増えているのはうれしい限りだ。

しかも劉伶さまが政の忙しい合間を縫ってほんのわずかな間でも来てくれる。それはおそらく、私が後宮の妃賓たちの間を取り持ちたいと考えていることをわかっているからだ。

皇帝陛下のお顔を拝見したいという妃賓がやってきて、菓子を気に入るということも増えた。

そして、自由に動けない劉伶さまの代わりに子雲さんが竜眼肉やゆり根酒を取りに来るようになった。

「陛下は安眠なさっていますか？」

「安眠とまではいきません。ただ、起きられる回数は減っていると思います」

よかった。少しずつ効いてくればいいのだけれど。

地方の反乱軍の件も気になってはいるが、私にどうにかできることではない。おそらく博文さんや玄峰さんたちに支えられて、よき方向に導いているはずだ。

そんな会話を交わしているところに青鈴が通りかかったので、子雲さんはすぐに去っていった。

「陛下に薬膳を？」

話が聞こえていたらしい。

「うん。前に言ってたでしょ。寝つきが悪いそうなのでゆり根酒をね」

あまり話すべきではないとは思ったが、子雲さんがなにかを持っていったことは見られてしまったので正直に告げる。

青鈴が皇位簒奪を狙うわけがないし、尚食の仕事を楽しんでいる。大丈夫だろう。

「そっか。麗華はすごいよね。陛下の体調まで管理してるんだもん」

「医者がいるんだし、私の薬膳は気休めよ」

幸い劉伶さまは喜んで食べてくれるが、必ず効くという保証はないのだし。

「それにしてもね。香妃も麗華のこと相当気に入ったみたいよ。范貴妃も毎回茶会を楽しみにしてるんだって。麗華、大活躍ね」

そのとき、一瞬青鈴の表情が曇ったのは気のせいだろうか。

「青鈴も手伝ってくれてるじゃない。一緒にお肌すべすべにしようよ」

「そうね。おやすみ」

最後にいつもの笑みを見せた彼女は立ち去った。

茶会を催すようになってからは、范貴妃をはじめ高い身分の妃賓から体質の悩みを相談されることも増え、尚食の仕事以外の調理の時間も増えていて、てんてこまい。

しかし、皆が笑顔で食べ物を口に運ぶ様子は、私にとっても癒しだった。

辺境の地で暮らしていただけの私が、国の中心の昇龍城で食事を提供していることが今でも信じられない。それでも劉伶さまの理想の国作りに、少しでも役に立てればと祈るばかりだ。

た人物が近づくということもなかった。

李貴妃からの接触はあの日以来一度もない。

子雲さんを通して劉伶さまから、茶会の成功を快く思っていないはずだから気をつけてと言伝があったが、子雲さんが常に近くにいてくれるので、李貴妃の息がかかった人物が近づくということもなかった。

その日は香妃の要望で、肩こりに効く薬膳料理を用意することになった。

肩こりは、気が滞る気滞、もしくは血の巡りが悪い瘀血の状態であることが多い。

青鈴と相談して、どちらにも効き目がある茉莉花茶をまずは飲んでいただくことにした。

料理は血や気を補う鶏肉を、これまた血を巡らせる青梗菜と一緒に汁物に。気滞の解消には柑橘類が効果的なので、陳皮も少し加えておいた。

他には香妃が好きだと言う炸醤麺《ジャージャーめん》も。炸醤と言われる肉味噌には瘀血を改善する椎茸をたっぷりと入れてある。

それ以外にも何品かこしらえて青鈴と持っていくと、香妃は満面の笑みで食してくれる。

「麗華さんの薬膳料理はおいしいし体にいいし最高ね。ねぇ、私の食事を担当しない？」

提案された瞬間、隣の青鈴が少し身じろぎしたのに気づいた。

もともと香妃に目をかけてもらっていたのは青鈴だ。それでは彼女の地位を奪うことになる。

「ありがたきお話ですが、香妃さまには青鈴がおります。彼女の料理がとても美味なことはご存じかと」

そう言うので精いっぱいだった。

香妃も青鈴に悪いと思ったのか、私を専属の料理人にすることはあきらめてくれたが、いつものお礼だけでなく金の歩揺まで授けてくれる。

青鈴ももらったことがあるのだろうか。

それをこの場では聞けず「ありがたく頂戴します」と受け取り、宮を出た。

「私に気なんて使わなくていいのに。麗華が香妃の料理番になれば……」

手に持つ歩揺をチラリと見つめた青鈴は顔をこわばらせてそう言うと、そそくさと自分の房に戻っていった。

彼女は後宮に入って最初にできた友人だ。しかも、私たちはいつも協力して調理してきたし、香妃との縁も彼女がつないでくれた。そんな青鈴との間にわだかまりを作りたくない。

けれど、今の私にはどうすることもできなかった。

香妃からいただいた歩揺は、身につけることなく大切にしまっておくことにした。尚食の女官である私には身分不相応というもの。それに、せっかく仲良くなった青鈴と仲違いするなんて不本意だった。


翌朝からも尚食として劉伶さまの食事を心を込めて作った。

劉伶さまの体調が特に悪いわけでないときは、白露さんが献立を立ててその中の数品を担当している。

「青鈴、卵取って」

いつも青鈴と組んで調理をしていたが、今日はそれぞれ別のものを作っていた。

彼女の近くに卵があったので頼んだけれど、聞こえなかったのか反応がない。

「青鈴?」

もう一度声をかけると、彼女は卵を私の前に乱暴に置いたので割れてしまった。

「忙しいの。自分でやって」

「ごめん……」

すこぶる不機嫌な様子を見て、香妃にもらった歩揺を思い浮かべていた。

やはりいただくべきではなかった。

でも、あそこで固辞したとしても、青鈴は気分がよくなかっただろうし。

私はなにも青鈴から仕事を奪いたいわけでも、賞賛が欲しいわけでもない。誰かが自分の作った料理をおいしいと食べてくれれば十分なのに。その結果、後宮の妃賓たちが心を通わせ、劉伶さまが望む血の流れない平穏な日々が訪れれば最高だ。

忙しい時間に青鈴とじっくり話すことも叶わず、仕方なく自分で卵を用意して調理を続けた。


それから青鈴は、私がどれだけ話しかけても反応しなくなった。

尚食の他の仲間とはそれまで通りだったものの、青鈴とは特に仲がよかったので胸にぽっかりと穴が開いたようだ。

それでも、彼女の気持ちがわからないではないので、なにも言えないでいた。

香妃に食事を作ってから十日後、ようやく劉伶さまが房にやってきた。

もちろん子雲さんと入れ替わってだ。

「麗華。会いたかった」

彼は私の顔を見るなり、緩やかに口角を上げて手を握る。

「茶会は見事だ。あれほどの妃賓を集めるとは」

「劉伶さまがいらしてくださるからです。それに、女性の悩みを解消しそうな菓子にしましたのでそのおかげかと」

「男の俺もおいしかったよ。一番好きなのは杏仁豆腐だな」

皇帝陛下からこんな感想をもらえていることが奇跡なのに、茶会を一緒に盛り立ててきた青鈴のことが頭をよぎって心から笑えない。

「ですが男性は、菓子より腹にたまる食事のほうがお好きでは？」

「まあ、それも好きだ。結局、麗華が作るものならなんでもうまいんだよ」

彼は私の手を握ったまま話し続ける。

「ありがとうございます」

「麗華。どうして俺を見ない。まさかまたなにかされたのか？」

焦った様子で私の肩を揺さぶる彼に慌てる。

「大丈夫です。子雲さんがついていてくださいますのでなにも」

「それなら、どうした？」

うつむき加減の私の顔を覗き込み尋ねてくる。

「友を失いそうで」

私がなにか仕掛けたわけでもなく、どうしたらよかったのかもわからない。そもそも香妃の食事なんて引き受けたのが間違いだったとも考えたが、最初に依頼してきたのは青鈴だ。

「それは……」

「あっ、でもきちんと話をすれば大丈夫です」

国政のことで頭を悩ませている彼にこんな弱音を吐くべきじゃない。

「麗華はすぐにそうやって強がるんだ」

「えっ？」

「平気じゃなくても平気な顔をする」

思わぬ指摘に瞠目《どうもく》する。

「そんなことは……。それにそれは劉伶さまですよ！」

陳皮ゆり根酒を毎晩飲んでいるとはいえ、朝までぐっすりとはなかなかいかないのに、先頭に立ち国を導いている。眠れないことなんておくびにも出さず。

「俺は平気だ。俺には博文も玄峰も……そして麗華もいる」

あまりに真剣な表情で囁くので、胸が苦しい。

「そう、でした。それなら私も平気です。劉伶さまがいてくださいますから」

「うれしいことを言う。でも、なかなかそばにいられなくて残念でたまらない」

たしかに最近は一日に三度、食事の前に声を聞けるだけ。しかし、彼が私を大切に思ってくれていることは伝わってくるので十分だ。

「私たちの作った料理を褒めてくださるだけで幸せです」

「なんと欲がない女だ。その友のこと、どうにもならなくなったら子雲を通じて耳に入れろ。友は大切だからな」

遠くを見つめてつぶやく彼は、きっと博文さんたちのことを考えている。

「博文さんと玄峰さんとはどのように知り合ったのですか?」

「博文は科挙で一緒だった。俺が一位で、あいつが二位。俺は皇帝の血を引いてはいたが、文官としてこの国の役に立てればいいと思っていたから、文官としての職務は本当に楽しかった」

劉伶さまはその頃のことを思い出しているのか、優しい笑みを浮かべている。

「玄峰は翌年に受けた武挙試験にいた。どの男より力が強く剣術も優れていた。熱すぎて我を忘れるようなところがあり冷静さを欠くと言われていたのだが、俺はそんなところが気に入って一緒にいるようになったんだ」

そこから長い時間を共有する間に、刎頸の友と言うまでになったのか。

「喧嘩はされなかったんですか？」

「したさ。離宮でもしてただろ？」

たしかに習慣のように小競り合いをしていた気もする。

「でも、あのふたりは俺を地獄から救ってくれた。俺のために地位も昇龍城も捨てた。だから俺も、絶対に裏切らない」

文官や武官として活躍していたのだから昇龍城に残ってもよかったのに、彼と運命を共にしたんだ。

「素敵な人たちですね」

「あぁ」

「子雲さんは？」

ふたりのことはわかったけれど、同じくらい信頼しているように見える子雲さんはいつ知り合ったのだろう。

「子雲は……。過酷な運命を背負った男なんだ。俺はあいつを死なせたくない」

「死なせたくない？」

出会いについて尋ねたのにそれについては触れず、妙なことを言いだした。

「いや。子雲も大切な仲間だ。後宮ではあいつしか頼れない。なんでも言うんだぞ」

「はい。それに、皆さんのことを聞いていたら大丈夫だと確信しました。喧嘩をしたとしても大切な友であることは変わらないですよね」

互いに命を預けてもいいと思うほど強い絆で結ばれている三人がうらやましい。青鈴といつかそんなふうになれるといいな。

「麗華の強さには参る。お前が皇后となり後宮を導いてくれたら最高だ。もう少し待ってくれ。地方の状況がつかめたから、博文を向かわせたんだ。最後の話し合いにね」

そうだったのか。彼ならうまく反乱軍を誘導してくれるだろう。

「離宮が懐かしいな」

次にしみじみとした様子でそうこぼすのでハッとする。

きっと劉伶さまは、皇帝の座より平穏な日常が欲しかったのだろう。けれど、彼が皇帝にならなければ、あの村は疲弊して大変な事態になっていたはずだ。

「そうですね。でも、私たちはここに生きています。ここで劉伶さまの目指す未来を見ていたいです」

きっと私を後宮に招いたことを後悔していると感じたのでそう言った。

「あはは。参ったな。麗華には励まされてばかりだ。こんなに弱い皇帝、情けない」

「違いますよ。劉伶さまは優しいんです」

小さく首を横に振ると、抱き寄せられる。

「そんなことを言うとますます愛おしくなる」

やはり彼のそばにいたい。それなら踏ん張るしかない。

それから彼は陳皮ゆり根酒をおいしそうに飲み、名残惜しそうに戻っていった。

疑惑の陳皮ゆり根酒

青鈴の冷たい態度は相変わらず続いた。

でも、喧嘩をしても強い絆で結ばれている劉伶さまたちを見て、私から話しかけることだけは続けていた。

「青鈴。今日の海鮮炒め、すごくおいしかったよ。やっぱり最後のごま油がいい仕事してる」

私たちは劉伶さまたちに出したあと、残りの料理をいただくこともある。青鈴が作った海鮮炒めを食べたので素直にそう伝えた。

「そう」

けれども目を合わせることもなく素っ気ない返事。

それが悲しくもあったが、私は青鈴が好き。その気持ちだけは伝え続けようと思っていた。


それから十日。

『次の茶会はいつ？』という妃賓からの質問がたくさん届いたので、なにを作ろうか考え始めていた。

「青鈴はなにがいいと思う？」

昼食が済んだあと彼女にも尋ねる。

相変わらず言葉の少ない彼女だが、一瞬視線を合わせてくれた。それだけでも大きな進歩だ。

「麗華って、鈍いの？　それとも馬鹿なの？」

「えっ……」

喜んでいたのもつかの間。辛辣な言葉を投げられて、指の先が冷えていく。

「そんなんじゃ、後宮で生きていけないいんだから。もっとしっかりしなさいよ！」

「青鈴……」

冷たい発言をしているのに、まるでそれを言うのをためらっているかのように彼女の声が震えている。

「うん。そうだね。しっかりしなくちゃ」

そう返すと彼女は唇を噛みしめて厨房を出ていってしまった。

「馬鹿かもね……」

彼女の言う通り、後宮で生きていくならもっとしっかり、そして強くならなければ。李貴妃のような妃賓と対峙できない。

料理が好きというだけで生き残れるほど甘くない。でも、劉伶さまが望むように、余計な争い事はしたくない。

「麗華さま、大丈夫ですか？」

私たちの様子を見ていた子雲さんが心配している。

「大丈夫ですよ。そうだ、子雲さんなら茶会でなにが食べたいですか？」

気分を上げるために思いきり笑顔を作る。

「私は甘いものはちょっと……」

「そうでした。夕食に酢豚を作りますから、残しておきますね」

「私のことはお構いなく」

彼も玄峰さんと同じく肉料理をもりもり食べる。

好きなのかな……。

へこたれていないで、次を考えよう。劉伶さまの作る理想の彗明国をずっと近くで見ていたいから。

そんなことを思いながら、房へと戻った。

それから四日後の茶会の品目は中華まんに決定した。

中華まんは、劉伶さまの食事にも何度か出している。ただ、中身は肉や野菜ばかり。それを甘い餡に変えれば、菓子として喜ばれそうだ。

私は何種類か餡を作り、好きなものを食べてもらうことにした。

餡は、むくみを解消する小豆、便通改善や美肌効果を狙った黒ごま、血を養うという甘酸っぱい棗、慢性疲労や下痢に効く蓮の実を用意した。

その中には体を温めて肌の老化防止になる胡桃や、髪に潤いを与える松の実を入れることも忘れずに。

それを小さめに作って、いくつか選択できるように工夫もした。

調理には尚食の女官が力を貸してくれたものの青鈴の姿はなく、雪解けはなかなかやってこない。

会場となる後宮の中庭には、前回よりさらに多い妃賓や女官が集まっていた。

「本日は中華まんをご用意しました。中の餡がそれぞれ違いまして、薬膳としての効能は――」

説明を始めると、劉伶さまがやってくるときと同じように入口がざわつきだし、なんと李貴妃が姿を現した。

姿を見るのはぶたれて以来だけれど、相変わらず美しい。背筋を伸ばし歩揺を揺らしながらゆったりと歩くさまも貫禄があり、さすが後宮の頂点に君臨する女性だと感じる。

「私も交ぜていただけます？」

「もちろんでございます」

まさかの申し出に目を丸くしながら、李貴妃の席を、范貴妃の対面に慌てて用意した。

最近は尚儀の舞がよく見えるように、中央を開けて囲むように席を設けてある。

そしてさらに……あとを追うように劉伶さまも姿を現したので、女官たちのどよめきが収まらない。

「以前より盛大だな」

「陛下……。なにをしている。皆、顔を伏せなさい」

李貴妃が慌てて指示を出すものの、陛下がお出ましになるときのために空けられていた上座中央の席に腰を下ろした劉伶さまは首を横に振る。

「余が許可した。宴は楽しむためのものだ。これを機に、妃賓同士仲良くしてもらいたい」

「承知しました」

李貴妃は劉伶さまの前ではすこぶる腰が低い。私に茶を投げつけた人とは思えなかった。

「朱麗華。余にも頼めるか」

「はい。ただいま」

尚食の仲間から中華まんとお茶を受け取り、劉伶さまの前の卓にも並べたあと説明を続けた。

そして宦官の毒見が終わり、劉伶さまが中華まんを口に運ぼうとしたそのとき。

「陛下、お待ちください」

李貴妃が口を挟む。

「どうした？」

「尚食、朱麗華にはよくない噂がございます」

突然なにを言いだすの？

唖然として李貴妃を見つめる。

「よくないとは？」

「はい。宦官、黄子雲と結託し、皇位簒奪を目論んでいるとか」

とんでもない発言に思わず立ち上がった。

皇位簒奪って、そんなことをするわけがない。私にはなんの利益もないのに。

「それは真実か？」

先ほどまで柔らかかった劉伶さまの視線が瞬時に尖る。

「はい。朱麗華は地方の出です。地方の軍にそそのかされ、光龍帝さまを暗殺して昇龍城を乗っ取るという役割を果たすために後宮入りしたという話です」

肌が粟立つ。

なにを馬鹿なことを言っているの？

貧しい村に軍などないし、その日を生きるのに精いっぱいで、国政を乗っ取るなんて考えたこともない。しかも、私は劉伶さまに招かれてここに来たというのに。

「李貴妃。そのような発言、間違っていたならばお前の責任を問われることを承知の上か？」

劉伶さまは表情ひとつ変えることなく淡々と話を続ける。

ひとつの救いは、あの村のことを、そして私が後宮入りしたいきさつを劉伶さまがよくご存じだということだ。

ふたりがやり取りしている間に、私や子雲さんの周りには宦官が数人近づいてきた。

「もちろんでございます。この者、陛下に陳皮酒を振る舞っているとか。その酒に毒を仕込んだという情報を耳にいたしました」

「そんなことはいたしません！」

我慢できなくなり口を挟むと、とうとう宦官に腕をつかまれた。

「どこからの情報だ」

「はい。朱麗華と同じ尚食の徐青鈴でございます。陛下に振る舞う酒のことを常々話していたということです」

青鈴？　嘘……。

「朱麗華。前に出よ」

怒気を含んだような声で劉伶さまに促された私は、宦官に無理矢理引きずり出され、中央で跪いた。

子雲さんも捕まっているのが見える。

「李貴妃の言っていることは本当か？」

「違います。毒なんて……断じてそのようなことはしておりません」

毒を盛られて苦しんだことを知っている私が、劉伶さまに同じことをするなんてありえない。

きっとそれを彼もわかってくれていると信じて訴える。

「今すぐ酒を調べろ。それと徐青鈴をここに」

劉伶さまの指示が飛び、房にいただろう青鈴が私の隣に連れてこられた。

「徐青鈴。朱麗華が余の酒に毒を盛ったというのは本当か？」

「……はい。麗華がゆり根酒に……ど、毒を混入し、陛下を殺めるつもりだと……言っておりました。あまりに驚き李貴妃に相談いたしました。……また宦官黄子雲と必要以上に一緒に……いますので、その仲も疑われます」

焦点が定まらない彼女は、何度も詰まりながら言葉を吐き出す。

やめて。子雲さんを巻き込まないで。

「子雲さんは関係ありません！」

「黙れ」

叫んだ瞬間、宦官たちに咎められて強く押さえつけられてしまった。

それでもやめられない。

「毒など決して盛っておりません。陛下を殺めるなんてありえません」

「黙れと言っている。陛下に失礼だ！」

反論したからかいっそう強く押さえられ、顔を地面に擦ってしまった。

どうしてそんな嘘をつくの？　私が香妃の賞賛を得たから？

悲しみがこみ上げてくる。

「徐青鈴。そなたの発言が正しければ、朱麗華は厳罰を避けられない。嘘偽りはないか？」

劉伶さまは青鈴に正す。

私は『厳罰』という言葉に息が止まりそうになった。もちろん、皇帝を殺めようとしたのなら、死罪だ。

青鈴はその質問にすぐに答えない。すると李貴妃の声がする。

「青鈴。いいのですよ、本当のことをおっしゃい」

「麗華がゆり根酒に、毒を盛ったことに……い、偽りは……ご、ございません」

そして青鈴の震える声に絶望した。

そうしているうちに、宦官が息を切らして走り込んできた。

「陛下！　朱麗華の房から酒が見つかりました。たしかに、銀食器の色が変色しました」

まさか。毒が入っていたということ？　どうして？

昨晩も子雲さんに劉伶さまに届けてもらったが異変はなかった。当然子雲さんが毒見をしているし、劉伶さまも元気だ。

今朝、房を出てから今まで茶会のためにずっと厨房にいたけれど、その間に誰かが毒を仕込んだとしか考えられない。

「朱麗華。顔を上げよ」

劉伶さまに指示され、ゆっくり体を起こすと視線が絡まる。

信じて。私はなにもしてない。

そう願いながら見つめ続けていると、彼は腰に差した大きな剣を抜く。

殺される？

こんな終わり方は絶対に嫌だ。

劉伶さまは一歩二歩と近づいてくる。私は怖くて呼吸が浅くなり、声も出ない。

やがて目の前まで来た彼は、私の喉元に剣先を突きつけた。

「女官の身分で余を殺めようとするとは」

「しておりません」

信じて。お願い。

にじんでくる視界の向こうの劉伶さまを見つめ、必死に訴える。

「ならば、申し開きをしてみよ」

「……料理は、人を殺めるためのものではございません。私は、誰かを笑顔にするために料理を作っています。毒を盛るなんてもってのほか」

我慢していた涙が一筋頬にこぼれた。

料理に毒を盛るということは、自分で自分の人生を否定することになる。

「朱麗華は、今まで余の健康のために尽くしてくれた。だが、こうして毒入りの酒があることは紛れもない事実。ただでは済まぬ」

彼は凍るような冷たい声でそう告げ、剣脊《けんせき》で私の顎を持ち上げる。

切られるのだろうか。

食で皆を元気にしたい、後宮をひとつにまとめたいなんて、やはり私には分不相応な考えだったのだ。尚食として与えられた仕事だけ黙々とこなしていればよかったのに。

ううん。私がしたことは間違っていない。現にこうしてこんなに多くの妃賓が茶会に参加し、会話を交わすようになっているのだから。

そんな相反する感情が瞬時に頭の中を駆け巡る。

そして……後宮に来たことに後悔はない。劉伶さまにたくさんの愛ある言葉をもらえたから。

最後にそれを確認して、ゆっくり目を閉じた。

私の命にとどめを刺すのが、彼でよかった。刎頸の友である彼で。

顎から剣が離れた瞬間、体をこわばらせて強く目を閉じ覚悟した。けれども、いつになっても息ができる。

「朱麗華。お前の言うことには一理ある。己の潔白を証明してみせよ。できなければ死罪を言い渡す」

そして次に放たれた言葉に腰が抜けそうになった。

まだ生かしてもらえるの？

「しかし、危険な人物を後宮に置いておくわけにはいかぬ。房を取り上げ牢に連れていけ。黄子雲もだ」

剣を収めた劉伶さまの指示で宦官に乱暴に立たせられる。

そのとき、かすかに微笑む李貴妃と、真っ青な顔をした青鈴の姿が視界に入り、唇を噛みしめた。

私はそのまま後宮から出され、昇龍城の端にある牢に入れられた。子雲さんも同様だ。

「どうやって……」

劉伶さまは潔白を証明しろと命じたけれど、牢の中でどうしろというの？

香呂帝の頃は、牢に入った罪人はひどい拷問を受け、やってもいない罪を認めて死んでいく者もいたと噂で聞いた。

私も子雲さんもそうなるの？

やがて宦官が出ていくと、壁を隔てた隣の牢にいる子雲さんに話しかける。

「子雲さん、こんなことになってごめんなさい。ううん、謝って済むことじゃないですよね」

彼ひとりだけでも助けられないだろうか。

「麗華さま。それを言うなら私です。不穏な動きがあることに気づくべきでした」

彼は懸命に私や劉伶さまを支えてくれた。あれ以上を望むなんて無理だ。

「今は不安でいっぱいでしょうが、どうか陛下を信じてください。麗華さまに剣を向けられたのは、あの場を収めるため。必ずや策を練ってくださいます」

それを聞き救われた。

殺されるなら彼にとは思った。しかし、この世で一番大切な人に剣を向けられたという衝撃は、どうしたって拭えない。

「そう、ですね」

「李貴妃と徐青鈴の陰謀でしょう。麗華さまが厨房にいらっしゃる間に、誰かが毒を仕込んだんです。李貴妃は陛下の寵愛を受けそうな麗華さまを排除したく、青鈴は香妃に気に入られた麗華さまのことが邪魔だったのでは？」

李貴妃に茶をかけられたことは彼も承知している。それに、青鈴の複雑な感情も気になっていたのだろう。四六時中、私の近くにいたのだから当然か。

「だけどまさか青鈴が……」

李貴妃はともかく、青鈴があんなことを言いだすとは思ってもいなかった。

「後宮はそういう場所です。残念ですが」

博文さんからも、後宮では劉伶さまと子雲さんしか信じてはいけないと言われた。けれども、青鈴は最初からずっと親切にしてくれて、いつも一緒だった。香妃のことがあって心の距離が離れたように感じても、彼女との絆を疑うことはなかったのだ。

しかし甘かったということか。

彼女にゆり根酒のことを話したことがあるけれど、まさかこんな事態を招くとは思いもよらなかった。

あれ？　でも、なにか引っかかる。なんだろう。

ぼんやりと頭の片隅に浮かんだ違和感がなんなのかわからないまま、牢の高いところにある小さな窓から空を見上げた。


「朱麗華、立て」

空が茜色に染まった頃、武官がやってきて私を促す。

どこかに連れていかれるのだろうか。

拷問にかけられる？

そんなことを考えて顔をこわばらせていると、玄峰さんが姿を現した。

「朱麗華、黄子雲。これから取り調べを行う」

玄峰さんが？

離宮で見せていた笑顔の欠片《かけら》もない威圧感のある形相は、彼の本当の姿を知らなければ震え上がっていただろう。

それから私たちは牢から出されて、応龍殿の隣にある白澤殿《はくたくでん》に連れていかれた。

うしろ手に縛られていた私と子雲さんは、床に座るように指示される。

「お前たちは下がれ。取り調べは俺が行う」

武官たちを払った玄峰さんは、彼らがいなくなるとすぐに縄を解き始めた。

「麗華さん、大丈夫か？」

「えっ……」

取り調べではないの？

次に子雲さんの縄も解き、私たちに椅子を勧める。

「怪我は？」

「大丈夫です」

「劉伶さまから、言伝がある」

玄峰さんにそう告げられて、子雲さんと顔を見合わせた。

「濡れ衣であることはわかっている。必ず疑いを晴らす。ただ、今は地方に目を配らなくてはならず、数日耐えてほしいと」

「劉伶さまが、そう？」

「あぁ。しかも、後宮から出したのは、牢のほうが安全だと瞬時に機転を利かせたからだと思う」

よかった。信じてもらえているのだ。

随喜の涙が止まらなくなる。

先ほど死を覚悟したときより激しくむせび泣いた。

「今は反乱軍を集めている地方だけでなく、別の地域からも目が離せない。皇帝が変わり、陳情がいくつも届く。それらの対処を誤ると、第二の反乱軍が生まれないとも限らない」

きっと、香呂帝の時代に苦しんだ辺境の地の人々は、光龍帝に望みをかけている。決して失望させてはならないのだろう。

「博文が不在の文官たち官吏は、少々心もとない。そのため陛下が博文の代わりを務めていらっしゃる。博文がもうすぐ戻ってくるはずだ。そうすれば劉伶さまにも余裕ができる」

もともと科挙を最高位で通過し文官として活躍していた人なのだから、そうしたこともできるのだ。

「そんな状態なのに、茶会に来てくださったんですね」

「あぁ。麗華さんが後宮の妃賓のいがみ合いをなくそうとしていることを承知していらっしゃるからね。少しでも役に立ちたいと」

なんて素晴らしい皇帝なのだろう。

思慮深いだけでなく行動力もあり、そして思いやりがある。

「昼間は取り調べということでここにいればいい。俺以外の者は近づけないようにする。ただ、李貴妃や周りの宦官がどう動くかわからない今、劉伶さまの命を守ることに万全を期す必要がある。それには武官の護衛が必要だが、我々は後宮には入れない」

たしかに不穏な空気が漂う今、劉伶さまの暗殺という事態が起こらないとは言い切れない。玄峰さんたちが守ってくれれば、劉伶さまも安心できるだろう。

「そのため劉伶さまには日が落ちたあとも応龍殿にとどまっていただき、禁軍幹部と共に警備をする。だから俺はここにずっとはいられない。夜間ふたりは、牢で耐えてほしい」

玄峰さんが強面の顔をゆがめ深く頭を下げる。

「やめてください。私は劉伶さまが信じてくださっただけで幸せです。それに、私が薬膳料理を振る舞ったり、茶会で妃賓同士の絆を深めようなどと、尚食の仕事の範疇を超えた行為をしたからかもしれません。玄峰さんが謝るようなことはなにひとつありません」

「麗華さま、申し訳ありません。私がもっと――」

次に子雲さんが悲痛な表情で話し始めたので、彼の腕を握って止める。

「子雲さんには本当に感謝しています。今はどうすべきか知恵を絞りましょう」

せっかく劉伶さまがこうして私たちを守ってくれたのだから、彼に頼るばかりでなく自分たちでも考えなくては。

玄峰さんはうなずいて口を開いた。

「麗華さん、李貴妃との接触は初めてだったのか？」

「いえ。以前、薬膳料理をと依頼されて紅玉宮に参りました。でもそのとき……」

子雲さんの顔をチラリと見てから続ける。

隠しておく場合ではない。

「尚食の分際で陛下に近づくなんて姑息だと、お茶を投げつけられ頬をぶたれました。それからは一度も接触しておりません。茶会に来られたのも今日が初めてです」

「そんなことが……」

玄峰さんは目を大きくして眉を上げる。

「徐青鈴は仲がよかったはずだな。彼女はどうして李貴妃側についたんだろう」

玄峰さんのふたつ目の質問に、今度は子雲さんが説明してくれた。

「妬み、か。青鈴は捨て駒だろう。いざとなったら罪を被せられ殺される」

「そんな……」

青鈴が死ぬなんて耐えられない。

「麗華さん、あなたは青鈴に裏切られたんだ。彼女のために顔をしかめるのは違う」

玄峰さんの強い言葉に首を横に振る。

「でも青鈴はたしかに友だったんです。香妃の寵愛が私に移ってつらい思いをしたのは理解できます。彼女も頑張っていたから」

とことん恨めたらどれだけ楽か。

もしかしたら青鈴のせいで自分の命がなかったかもしれないのは承知している。けれど、彼女を完全に憎めない。

「まったく。人がいいにもほどがある。離宮でも俺たちのことをすんなりと受け入れ、尽力してくれた。だから今度は俺たちが麗華さんを守る」

これが刎頸の友ということなのだろうか。

「心強いです。ありがとうございます」

「青鈴は酒の存在を知っていたんだね」

次にそう問われてうなずく。

「子雲さんに運んでもらっているところを見られて、劉伶さまの寝つきが悪いからゆり根酒を用意していると話しました」

あの酒が私の部屋にあると知っているのは、劉伶さまと子雲さんと彼女だけ。

ということは、やはり青鈴が李貴妃に話したのだろう。

「毒を仕込んだのが青鈴だとは限らないが……今回の件は、青鈴なくしては起こらなかったわけだ」

「そう、ですね。でも、なにかずっと引っかかっていて……。それがなんなのかわからないのですが」

このモヤモヤはなんだろう。

「とにかく、麗華さんではない誰かが酒に近づいたという証拠が必要だ。子雲も不審な者を見ていないんだな」

「申し訳ありません。私は厨房の外におりましたので、房のほうはわかりません」

厨房に置いておけないから自分の房に隠しておいたのだが、それがあだとなった。

「李貴妃の近くにいつもいる宦官は、間違いなく貴妃を操り権力を手に入れようとしている。前皇帝の血筋で生き残っているのは、劉伶さまと……」

そこで玄峰さんはなぜか子雲さんに視線を送ってから続ける。

「すでに嫁がれた公主さまが数人。男子に至っては、あとひとり昇龍城を追放された男がいるが寺に入ったはずだ。到底戻ってくることはできない。他はすべて亡くなっている」

「亡くなって？」

「ああ。香呂帝の頭の切れる弟は香呂帝が皇位につくときに無残な死に方をしたたし、もうひとりの弟は香呂帝と共に自刎した。劉伶さまの兄上も、実は亡くなっている」

劉伶さまも兄弟を亡くしているの？

〝無残な〟とは、暗殺や自刎といった寿命をまっとうしない死に方だろう。それくらい昇龍城は権力争いが過酷な場所なのだ。

「つまり、劉伶さまに男児が誕生しない限り、皇帝の座を継ぐ人間が決まっていないということだ。妃賓が次期皇帝を孕みたいと躍起になる状況ができあがっているし、その妃賓を操って意のままに国を動かそうとする宦官がいてもおかしくはない」

香呂帝のときも、権力を握っているのは宦官だと聞いた。

「それには、劉伶さまの寵愛を受けそうな麗華さんが邪魔だということだ」

どうしたらいい？

私以外の人間があの酒に近づいた証明なんて、目撃者でもいない限り難しい。それに、牢にいる限り目撃者を探すこともできない。頼みの綱の子雲さんもここにいるのだし……。

「劉伶さまは茶会の様子から、妃賓たちが麗華さまを信頼し、心を開きつつあるように見えると口にされていた。それは麗華さんの努力の賜物であっぱれだと」

「そんな……」

私はただ、劉伶さまと同じように、後宮で血が流れてほしくないだけ。毒を盛られるという壮絶な経験をした彼の意志を貫く手伝いがしたい。

「皇后への昇格を後宮の他の妃賓が認めているかいないかで、その後の生活が大きく変わる。反発が強ければその地位から引きずり下ろそうとする輩が必ず現れる。だから、麗華さんの力に頼るのも申し訳ないが、もう少し和が広がるのを待とうと話しておられた。麻の中の蓬《よもぎ》だと」

麻の中の蓬って？

首を傾げると、子雲さんが口を挟む。

「善人と交われば、自然に感化されて善人になるという教えです。麗華さまのお優しい気持ちが後宮の妃賓たちに伝わることを信じていらっしゃったのだと」

劉伶さまがそんなことを……？

「でも、こんなことが起こるくらいなら、すぐにでも皇后にしておくべきだったと悔やんでおられる」

玄峰さんが痛惜の念のこもった声を吐き出す。

たしかに、できるならひとりでも多くの妃賓に認めてもらって劉伶さまの妻となりたい。そうでなければまた嫉妬や恨みの念が渦巻く。

劉伶さまは国政という大きな責任を背負う中で、後宮のことも深く考え、茶会にも足を運び手を尽くしてくれた。

罪人に仕立てられるという状況に陥ってはいるが、乗り越えなければ。

「本当は、皇后の地位なんていりません。でも李貴妃のように他人を傷つけてでも次の皇帝の母となりたいと考えている人がその地位につくくらいなら私がと思いました。劉伶さまには人の温情を感じながら生きていただきたいから」

「その通りだ。離宮に向かうときは劉伶さまの目は死んでいた。でも、息を吹き返したのは麗華さんのおかげだ」

「麗華さま、どうか陛下をお支えください」

玄峰さんに続き、子雲さんが悲痛の面持ちでそう声を震わせたあと、椅子から下りて床に膝をつき、頭を擦るくらいに下げるので慌てる。

子雲さんのことはよく知らないけれど、玄峰さんのように劉伶さまを慕っていることは伝わってくる。

「とんでもない。皆さんも劉伶さまの大切な友です。なんとかこの事態を切り抜けなけれぱ」

どうしたらいいのかわからない。

でもそう決意した。

その晩は牢で過ごした。

まともな衾もなく、片隅で膝を抱えて小窓からただ月を眺めるだけ。けれどその月は、離宮いた頃と変わらず煌々《こうこう》と輝いている。

まだできることはある。私は死なない。

「麗華」

窓越しにかすかに声がする。ここからは姿を確認することはできないが、この声は……。

「劉伶さま？」

「そうだ。表は武官が立っていて入れないんだ。ごめん。一刻も早くここから出すから」

「大丈夫です。まずは国をお治めください。村の人たちが幸せでなかったら悲しいですから」

反対勢力に乗っ取られたら、香呂帝のときのような不遇が待っている可能性がある。どうしても劉伶さまに皇帝でいてもらいたい。

「本当にお前は……。剣を向けたりして怖かっただろう？」

「怖くなかったと言えば嘘になります。でも大丈夫です」

あの瞬間は死を覚悟した。しかし、あれは彼の個人的な意思ではなく、皇帝としてそうするしかなかったはずだ。

「本当にすまない」

「謝らないでください。劉伶さま。月、見えますよね」

「あぁ」

私はもう一度月を見上げて口を開く。

「今は壁を隔てた場所にしかいられません。でも、同じものを見ることはできます」

「そうか……そうだな。麗華とは同じ未来を見ていたい。必ずお前と幸福をつかむ。子雲も聞こえているな」

「はい」

次に彼は隣の牢に入れられている子雲さんにも声をかける。

「しばしの間、麗華を頼む」

「御意。この命に代えてでも」

「いや、お前も死なせない」

そういえば以前にも子雲さんを『死なせたくない』と言っていた。

「ありがたきお言葉……」

子雲さんの表情は見えないが、声がわずかに震えていた。


翌朝、朝日が昇ると共に玄峰さんがやってきて、私と子雲さんを白澤殿に連れていく。

その間は筋骨隆々の武官数人に囲まれて、完全に罪人扱い。しかし、白澤殿に入るやいなや人払いされ、縄を解かれた。

「玄峰さん、劉伶さまは眠られましたか？」

「いや……」

責任感の強い彼のことだから、一睡もせず私たちのことを考えていたような気がして尋ねると、玄峰さんは首を振る。

「お願いです。眠ってもらってください。私たちを陥れようとしている人たちは強敵です。いざというときに、劉伶さまの知恵と力が必要です」

「わかってる。でも……」

目を閉じても眠れないのだろう。

「ゆり根酒はもうないし……。あっ……」

そう口にしたとき、とあることに気がつき目を瞠《みは》る。

ずっと引っかかっていたのは、これだったんだ。

「麗華さま、どうかされましたか？」

子雲さんが尋ねるが、しばらくなにも答えずに考えを巡らせていた。

「……毒の入ったお酒の存在は、青鈴が李貴妃に知らせたんですよね」

「青鈴が李貴妃の耳に入れたと言ってたな」

玄峰さんがうなずく。

「そう、ですよね。他にあのお酒の存在を知っているのは、劉伶さまと子雲さんだけですから」

他の人には決して見られてはいない。

「茶会のときに私の房を探されるまでは、毒が入っているという情報だけで実物は誰も見ていないんですよね」

これは重要なことだ。

「そうだ。あのあと李貴妃に詳しい話を聞いた文官によると、李貴妃は青鈴に毒酒の話を耳打ちされて麗華さんの房を探す許可をもらうつもりだったと。だからそれまでは情報だけだ。でもそれがどうかしたのか？」

玄峰さんが身を乗り出すようにして尋ねる。

私はとある重大な事実に気づいた。

「毒を入れたのが私以外の人間だという証明ができるかもしれません。でも……茶会での細かな発言を思い出せなくて」

あのとき青鈴はなんと言ったの？

とても大切なことなのに、はっきりとはわからない。

「なにを知りたい？　子雲もいたぞ」

「はい。青鈴が劉伶さまの尋問を受けたとき、あの酒のことをなんと言ったでしょう」

「酒のこと？」

玄峰さんと子雲さんが顔を見合わせている。

「陳皮酒ではありませんか？」

子雲さんに逆に問われ、もう一度深く考え直す。

そうだっただろうか。

李貴妃はたしかに『陳皮酒』と言ったような気もするけれど、青鈴もそう？

いや、たしかあのとき青鈴は……。

「それがどうかしたのか？」

玄峰さんが視線を鋭くする。

「あの……。もし私の冤罪が晴れたら、あの酒に毒を入れた者の罪は……」

「もちろん死罪だ。皇帝に毒を盛ってただでは済むまい」

わかっていたことだが、確認した。

「ですが、あれは私を陥れるための行為で、実際に劉伶さまに飲ませるわけではなかったとしたら？」

「麗華さん、なにを言っている。犯人を捕まえなければあなたの命がないんだ。そいつがどんなことを考えていたかなんて関係ない」

玄峰さんが声を荒らげるがその通りだ。なにがあっても犯人をあぶり出さなければならない。

「しかも、劉伶さまに飲ませるつもりはなくても、口に入る可能性はあったんだ。後宮でそのような行為があったこと自体が問題だ」

たしかに、毒が入っていると知らずに私が飲ませていたかもしれない。そうしたら毒見していた子雲さんは確実に死んでいた。だから許すべきことではない。

「青鈴と話ができないでしょうか?」

「徐青鈴と?」

玄峰さんが確認するように聞き返す。

「はい」

「まさか青鈴が毒を入れた証拠が思い当たるのですか?」

次に子雲さんが質問してきた。

「いえ……。そういうわけでは」

言葉は濁したが、茶会で彼女がなんと発言したかがとても重要だ。

ただ、もしそれで青鈴の疑いが晴れても晴れなくても、李貴妃の仕業だと証明されれば青鈴も無傷では済まない。彼女も悪事に加担したのだから。

それだけが胸に引っかかり、ふたりに胸の内をすべて吐き出すことができずにいた。

青鈴は親友なのだ。

「わかった。手配しよう。ただし、今あなたをひとりにするわけにはいかない。俺が同席するぞ。名目上、犯罪者である麗華さんと女官をふたりきりにできないとするが、命を狙われるのは麗華さんのほうだ」

「そんな……」

青鈴に殺められるとでも？

「そうしてください。徐青鈴はもはや嘘を撤回できないはず。李貴妃を裏切り嘘をついたことを告白すれば、自分の命が危ういことに彼女も気づいているでしょう。今や李貴妃の言いなりで、なりふり構ってはいられないのです。ふたりだけで会うのは危険すぎます」

子雲さんも強く訴えてくるので、私は玄峰さんの提案に従うことにした。

その後、子雲さんだけ牢に戻されて青鈴が連れてこられた。

どこからなにが広がるとも知れないということで、私には再び縄がかけられ、厳しい取り調べを受けているという演出はしなければならなかった。

「青鈴」

玄峰さんに指示されて椅子に座った青鈴は、目の前で床に跪く私と決して視線を合わせようとしない。

目の下がくぼみ、唇が渇いている彼女のほうが罪人のようだ。しかも名前を呼んでも反応しない。

「眠れているの？　血虚じゃない？　ううん、気虚？　体を温めるものを食べて」

あまりの変貌ぶりに声が大きくなる。

「私の心配をするなんて馬鹿じゃないの？　私、麗華のことを裏切ったのよ？」

青鈴は目に涙を浮かべている。

「うん……」

玄峰さんは近くに座ってはいるが、会話に入るつもりはなさそうだ。

「私のことを刎頸の友と言ってくれた人がいるの。その人は私に命を預けてくれた。だから私もその人に命を預けてる。青鈴とはいつかそういう関係になれるんじゃないかって期待してた。勝手にごめんね」

「私、と？」

彼女は目を大きく開く。

「私ね、食で誰かを幸せにしたいとずっと思ってるの。後宮に来て不安だらけだったけど、青鈴が親切にしてくれたから、薬膳の知識も生かすことができたんだよ。ひとりじゃできなかった」

「私はなにも……」

ついに彼女の瞳から涙がこぼれた。

私は彼女の目をじっと見つめて、再び口を開く。

「香妃のこと、ごめんね。私の部屋にある歩揺は、青鈴のものだよ。ずっと香妃を支えてきたのは青鈴だもの。私にはたまたま薬膳の知識があっただけ。料理の腕は青鈴のほうが上でしょ」

茶会で振る舞う菓子も、彼女の力をかなり借りた。本当に手際よく、あっという間に何種類も作ってくれた。

「なに、よ……」

青鈴の声が小さくなっていく。

「青鈴。李貴妃にはなんと伝えたの？」

「なんとって……」

「私が毒を盛ったと？」

思いきって切り込むと、彼女は目を右往左往させる。

「そう言えば、李貴妃専属の女官にしてくれると言われたんじゃない？」

上級妃賓の女官は、尚食よりずっと待遇がいい。妃賓に恥をかかせぬよう着飾っているし、高級品のおこぼれにあずかることもある。

それに、妃賓に関わることだけしていればよく、苦手なことは下働きの女官にやらせればいい。だから、皇帝の寵愛をあきらめた女官たちは、皆その地位を狙う。

「れ、麗華が毒を入れたのよ」

彼女は玄峰さんをチラリと視界に入れてつぶやく。

「その現場を見たのね」

冷静に問いかける。見られているわけがないからだ。私は毒なんて入れていない。

青鈴はしばらく黙りこくったあと、小さくうなずいた。

「毒入りの酒があると知っていたのに、李貴妃は随分落ち着いていらっしゃったのね。茶会にまで参加されるなんて。すぐに陛下にお知らせすべきことよね」

李貴妃はあえて大勢の前で私を断罪するために、茶会に劉伶さまが現れるのを待っていたに違いない。劉伶さまが毎回短い時間でも出席するのは、周知の事実だ。

「それは……」

本音がこぼれた。

「私がそんなに憎かったのかな」

きっと村で生きていれば、飢饉《ききん》や病で死ぬことはあれど、毒を盛って殺されたり冤罪で死罪になったりすることなんてなかったはずだ。そんな憎悪や嫉妬を抱く人なんていなかった。

「麗華。私……」

青鈴はなにか言いかけたものの、口をつぐんだ。

どうしたらいいのだろう。私が気づいたことが正しければ、毒を混入させたのは青鈴ではなく李貴妃かその側近だ。でも、それをどうやって証明したら……。

彼女に問いただしたいことが本当はもうひとつあったが、余計なことを発言して口裏を合わせられたら困ると黙っておいた。

「青鈴。私はあなたを信じてる」

彼女は李貴妃に利用され、悪事から抜け出せなくなったのだ。もし私の首が飛んだとしても、そのあと口封じに殺される。

私自身の命も守り、青鈴も守らなければ。

青ざめた彼女の様子を見ながら、どうすべきか考えあぐねていた。

青鈴が去ったあと、縄を解いてくれた玄峰さんが私を心配げに見つめる。

「劉伶さまは麗華さんを救いたいんだ。他のことは考えないでくれ」

「えっ？」

どういう意味？

首を傾げると、彼は苦々しい顔をして再び口を開く。

「青鈴のことは切り捨てよ」

「なにを言ってるんです？　そんなことできません」

驚愕して腰が抜けそうだ。

「大切なのはあなただ。俺や博文は、劉伶さまのためならばたとえ殺されても構わないと常々思っている。あの方なら、彗明国を——俺たちの家族を、大切にしてくれる。だから劉伶さまの大切なお方は、命をかけても守りたい」

その意見に二度三度と首を振った。

「劉伶さまはそんなお方ではありません。刎頸の友と口にはされましたが、それはそれくらい信用しているとおっしゃりたかっただけですよね。おふたりが自分のために命を犠牲にして喜ぶとでも？　玄峰さんに毒見をさせるのだって顔をしかめていらっしゃったじゃないですか」

劉伶さまにとって、ふたりあってこその彗明国だ。誰かが欠けるなんてことは一度だって考えたことはないだろう。

激しく詰め寄ると、彼は黙ってしまう。

「本当は、玄峰さんだってわかっていますよね。劉伶さまの優しさ。国のためにとか、皇帝陛下のためにとかいう大義名分のために、無駄に命が失われないようにと必死になられているのに、玄峰さんにそんなことを言われたら悲しまれます」

「そう、だな……」

「青鈴も同じ。私は自分の命も彼女の命も救いたい。博文さんがいてくれたら……」

博文さんや劉伶さまのように賢くない私が知恵を絞っても知れている。

今、劉伶さまは私に近づけない。私たちは、殺そうとした者と殺されそうになった者という関係だから。

だから博文さんがいてくれたら……と思ったけれど、ここに顔を出さないということは、まだ昇龍城には戻っていないのだろう。

「劉伶さまに文を書け。俺がなんとか届ける」

「本当ですか？」

玄峰さんの提案に目を見開く。

「劉伶さまの笑顔を俺も見たい」

「はい。ありがとうございます」

私は早速、今わかっていることをしたため、玄峰さんに託した。

それから牢へ逆戻り。

当然ながら武官たちは罪人の私を物のように扱う。

牢に放り込まれたときに顔から倒れて強打したが、こんなことで音《ね》を上げている場合ではない。

劉伶さまの知恵を拝借できたら……。青鈴も救えないだろうか。

「麗華さま、大きな音がしましたが大丈夫ですか？」

武官が出ていくと、隣の牢に入った子雲さんが尋ねてくる。

「大丈夫です。子雲さん、皆で生き残りましょう。それが陛下の望まれていることだから」

「承知しました。必ずや」

彼の返事に満足して、夜空に浮かぶ月を眺めた。

その晩は、劉伶さまはやってこなかった。今は彼の警護も強化されているし、簡単には動けないに違いない。

それでも、同じ月を見ている気がした。

翌朝も、子雲さんと一緒に白澤殿に移された。

「麗華さん、これ」

すぐに来てくれた玄峰さんが、私に文を手渡してくる。劉伶さまの返事だ。

私は緊張しながらそれを開いた。

【麗華。毎晩つらいだろうがもう少しこらえてくれ。必ずや罪を晴らして皇后に迎える】

彼はまだ私を皇后にしようとしているのだ。

あの酒に毒が入っていても、露ほども疑うことなく信じてもらえることに感動すら覚える。

私はそんな彼のためにも、冤罪を晴らして生き延びたいと強く思った。

【文をもらってひと晩策を練った。俺が麗華を助ける。それに、徐青鈴も、麗華の親友ならばそうしなくては】

「劉伶さま……」

青鈴のことも助けると明言され、視界がにじむ。

私は手で目頭を押さえてから続きを追った。

【明日、鳳凰殿で麗華と子雲についての裁きを行う。李貴妃と側近の宦官、そして徐青鈴も呼ぶ。麗華はただ、真実に基づき行動すればいい。嘘偽りは必要ない】

「明日……」

「劉伶さまにはなにか策があるようだ。劉伶さまを信じて、明日に挑んでほしい」

玄峰さんは私と子雲さんに言い聞かせるように話す。

「もちろんです。私たちは真実を語ります」

どうか青鈴も無事でいられますように。

そして翌日。太陽が南中する少し前に、私と子雲さんは縄に縛られたまま、鳳凰殿に連れていかれた。

先頭に立ち私たちを導く玄峰さんも、処罰する側の人間として私たちに厳しい目を向けている。

強面だと散々博文さんにからかわれていた彼も、本当は心の優しい人。それでも、このどこか武骨で荒々しさを秘めているような姿を見れば、周りの誰もが震え上がる。

彗明国を治めていく光龍帝には必要な人だ。

「跪け」

武官に乱暴に床に倒され命令される。彼らは私たちがこれから処刑されると思っているのだから無理もない。

私と子雲さんは黙って従った。

それから少し遅れて李貴妃が入ってきた。その横にはいつも一緒にいる宦官が立っている。彼が私を陥れようとしている張本人かもしれない。

その後、生気を失ったような青鈴も姿を現した。

私も子雲さんも牢ではまともな食事をさせてもらえないので、きっと顔色は悪いだろう。しかし、彼女はそれ以上。命が今にも消えそうで息を呑む。

「陛下が参られる。顔を伏せよ」

痛っ……。

武官に思いきり背中を叩かれ、声が出そうになった。けれども、必ず劉伶さまが疑いを晴らしてくれると信じて、歯を食いしばった。

平伏し待つこと五分。劉伶さまが入ってきた。

「これより、尚食朱麗華、宦官黄子雲の裁きを行う。陛下より許可をいただいた。皆の者、顔を上げよ」

博文さんの声だ。戻ってきたのだ。

私は恐る恐る顔を上げた。すると一瞬、劉伶さまと視線が絡まる。

彼は毅然としているがやはり顔色がよくない。夜通し策を練ってくれたのかもしれない。

「朱麗華。もう一度尋ねる。余の酒に毒を盛ったのはお前か？」

劉伶さまは視線を尖らせ低い声でそう言った。

「いえ。断じてそのようなことはいたしておりません」

「黄子雲。お前も酒について知っていたが、お前が毒を盛ったのか?」

「とんでもございません。私も盛っておりません」

鋭い目を光らせる劉伶さまは、離宮にいた頃の柔らかな表情の欠片もない。

目の前にいるのは、皇帝の証である、五爪二角の龍文の刺繍が施された御衣を纏った、まぎれもなくこの国の頂点に君臨する光龍帝。その風格を感じる。

「李貴妃。そなたは毒の混入を徐青鈴から耳打ちされたと言っていたな」

「はい。驚きお伝えした次第です」

「孫宗基《そんそうぎ》。そなたも知っていたのか?」

次に劉伶さまは、李貴妃に寄り添う宦官に尋ねた。孫さんが発言するのは初めてだ。

「徐青鈴が大切な話があると私のところに参りまして、李貴妃に取り次ぎました。そのとき同席しておりました」

「ならば、李貴妃と同じ情報を知っていたということだな」

「その通りでございます」

孫さんは深く頭を下げた。

彼は子雲さんより体の線が細く、武道は縁遠そうに見える。しかし子雲さんの話では頭は切れるらしく、いつの間にか李貴妃のそばに仕えていた別の宦官を押しのけて一番近くにいる存在になったとか。侮ってはいけない。

「それでは徐青鈴。お前に聞きたいことはただひとつだ。この場で朱麗華の罪が確定すれば即刻死罪だ。それをわかっているな」

えっ？

てっきりあの酒について問いただすのかと思いきや、まったく別の質問だった。

「あっ、あの……」

すると青鈴はカタカタと歯音を立てて震えだす。

「私は……」

「青鈴。本当のことを言えばいいのです」

「孫宗基。陛下の許可なく口を開くとは失礼だ」

青鈴に話しかけた孫さんに厳しい言葉を投げつけたのは博文さんだった。

彼の目は怒りの色を纏っているかのように見える。

昇龍城に戻ってきたら、私や子雲さんが牢につながれていたからかもしれない。

「申し訳ありません」

孫さんは恐れ慄《おのの》き平伏した。

「徐青鈴。お前にとって朱麗華はどのような関係だ」

やはり酒とは関係がない質問だった。

「麗華は、まだ短い時間ですが、尚食として一緒に頑張ってきた仲間です」

「それだけか？」

「いえ。大切な……友です」

青鈴……。

ぽろぽろと落涙しながら声を振り絞る彼女に『友』と断言されてどれだけうれしかったか。

「そうか。よくわかった。……博文」

ひと通り話を聞いたところで、劉伶さまが博文さんに目配せする。

「御意」

博文さんは一度奥に戻り、それぞれ壺を持ったふたりの文官を伴って戻ってきた。

そのうちのひとつの壺は、あの陳皮ゆり根酒の壺だ。もうひとつはなんだろう。そしてなにをするつもりだろう。

「今後、そなたたちは余が許可するまでひと言も口をきいてはならぬ。ここにふたつ

酒がある。ひとつは余を殺めるために毒を仕込んだ酒。もうひとつは毒など入ってい
ない酒だ」

そう言ったところで、彼は私にチラリと視線を送った。

ふたつ用意したのにはわけがありそうだ。

「五人それぞれ、好きなほうを選び飲め」

どちらかを選んで飲めと？　劉伶さまはなにを考えているのだろう。

「まず、ひとりずつどちらかを選択させる。朱麗華からだ。他の者はうしろを向け」

劉伶さまに命じられ、壺に近づく。そして中を覗き込んだとき、その意図がわかった。

ひとつは私がつけていた陳皮ゆり根酒。そしてもうひとつは、ゆり根だけが入った酒。

「どちらを選ぶか文官に伝えよ」

「はい。私はこちらを」

文には【嘘偽りは必要ない】と書かれてあった。だから余計なことは考えない。

毒が入っていないほうを選んで飲めと言っているのだから、迷わずゆり根酒を選んだ。

「次は黄子雲」

子雲さんもおそらく私と同じゆり根酒を選ぶはずだ。

それから李貴妃、そして孫さんと選び、最後に青鈴。彼女はどちらを選ぶのだろう。

劉伶さまはおそらく、青鈴のためにこの作業をさせている。

青鈴、お願い。あちらを選んで。

私は祈るような気持ちで目を閉じていた。

「こちらを向きなさい」

博文さんに指示され、再び劉伶さまのほうを向く。劉伶さまは相変わらず無表情ではあったが、一瞬右の口角が上がった気がした。

「五人の中でひとりだけ他の者とは異なる酒を選んだ者がいる」

それじゃあ……。

李貴妃の様子をうかがうと、余裕の笑みを浮かべていた。

「徐青鈴、お前だ」

「はっ……」

劉伶さまが彼女の名を口にした瞬間、武官が駆け寄り両腕を捕らえる。

「私ではございません。私は毒なんて……」

顔をゆがめ必死に首を振る彼女を、武官が押さえつける。

「わかっている。誰が徐青鈴を捕らえろと言った。手を離せ」

声を荒らげる劉伶さまにハッとした武官は、すぐに離れた。

よかった。私の思っていた通りだ。これで彼女の無実が証明された。

「徐青鈴は毒を入れていないと証明された。徐青鈴が選んだのは毒入りの左の壺。他の四人は右の壺だ。飲めと言っているのに、毒が入っているほうを選ぶわけがない」

左の壺は、陳皮ゆり根酒。右はただのゆり根酒だった。

私は青鈴に、陛下は寝つきが悪くてゆり根をつけた酒を用意しているとだけ言った。

陳皮について触れたことはない。

だから私の房にある酒を見ていない彼女は、ゆり根だけが入っている酒に毒が入っていると思い、陳皮入りを選んだのだ。

実は茶会のとき、李貴妃が『陳皮酒』と口走ったのでおかしいことに気がつき、文で劉伶さまに伝えた。青鈴に聞いただけならば、『ゆり根酒』と言うはずだからだ。

つまり、李貴妃は私の房にあったあの酒を見ているか、中身について報告を受けていることになる。

だから劉伶さまは、まずは青鈴の無実を晴らすために、このような行為をさせたのだと思う。

科挙を最高位で通過した人はさすがだ。こんなこと、思いつきもしなかった。

「残りの四人の中に、余を殺めようとした人間がいる。いや、ふたりのうちのどちらかだ」

劉伶さまがきっぱりと口にすると、李貴妃の顔が引きつる。

「朱麗華は徐青鈴に、余の寝つきをよくするために、ゆり根をつけた酒を用意していると告げた。よって、徐青鈴は朱麗華の房にあった酒は、右のゆり根だけが入った酒だと思ったのだ。しかし、本当は違った。朱麗華が用意したのは、陳皮ゆり根酒だ」

孫さんはそこでなにかを察したらしく、口を開けて手を握りしめている。

「それを作った朱麗華、そして余に運んでいた黄子雲は当然知っている。だが、お前たちふたりはなぜ陳皮が入っていると知っていた？」

ようやく李貴妃も自分が犯した過誤に気づいたのか、わなわなと唇を震わせて苦し紛れに口を開く。

「それは、徐青鈴がそう……」

「徐青鈴は、陳皮が入っていたことを知らなかったのにか？」

劉伶さまの眉が上がった。

「私はなにも知りません。なにもかも孫宗基がしたことでございます」

「あなたが命じたんだ」

李貴妃と孫さんが大きな声で罵り合いを始める。それを止めたのは玄峰さんだ。

「陛下の前だ。見苦しい」

凄みのある声は、瞬時に静寂を誘う。

「所詮、お前たちの絆などそんなもの。いざとなったら互いに罪を被せ合う。心配無用だ。双方に罪がある。李貴妃は余の寵愛を受けそうな女官を排除し皇后にのし上がるため。孫宗基は李貴妃に余との間に男児をもうけさせたあと余を殺め、権力をほしいままにするために、朱麗華を陥れようとしたのだろう」

劉伶さまは抑揚もなく淡々と語る。それがかえって彼の怒りを示しているようで、場の雰囲気が凍りついた。

「ち、違います。毒を仕込んだのは孫宗基です」

李貴妃は表情をこわばらせ、声を絞り出した。

「そうだろうな。しかし、命じたお前も同罪だ。それだけではない。心を込めて作る朱麗華の薬膳料理をお前たちは穢《けが》し、なおかつ余に間違った罪人を処罰させようとした。その罪は重い」

劉伶さまが私の薬膳料理について触れるので、胸にこみ上げてくるものがある。彼に元気になってほしくて作った酒に毒を入れるという、私にとってはとんでもない侮辱を咎めてくれたことがうれしかった。

「天網《てんもう》恢恢《かいかい》疎にして失わず。天はすべてをご存じだ。悪事を働けば罪を受けるのが至極当然。博文」

今までに見たことがないほど眉を吊り上げた劉伶さまは、博文さんになにやら指示を出す。すると博文さんは陳皮ゆり根酒をふたつの杯に注ぎ、李貴妃と孫さんの前に置いた。

「あおるがよい。自らが仕込んだ毒で逝け」

「陛下、それだけはご勘弁を」

「余を殺めようとしたのにその言い草、見苦しい。玄峰、飲ませろ」

李貴妃の発言を一蹴した劉伶さまは、玄峰さんに指示を出す。

そのとき博文さんが私のところにやってきて、「こちらへ」となぜか私を立たせて、部屋の外へと連れ出した。

「博文さん、あのっ……」

「麗華さんには耐えられないだろうと、陛下からのご命令です。しばしこちらへ」

案内されて隣の部屋に入ろうとしたとき、地に響くような絶叫が聞こえて李貴妃が絶命したのだと悟った。

「こんなことに……」

「陛下も命を奪うことに心を痛めておられます。皇帝としては慈悲深い方ですから。ですが、皇帝の命を狙った者に温情をかけては、次にまた同じことをしようとする者が現れます」

博文さんの言うことには納得する。情けをかければ皇帝としての威厳が保たれない。おそらく私を陥れるためだけに仕込んだ毒だったはずだが、皇帝陛下が口にするものだとわかっていた点で、見逃すことはできないのだろう。

けれども、断末魔の叫びを聞いて平気ではいられず、呼吸が浅くなる。

「……青鈴は？」

「青鈴は心配いりません。ただ、彼女も罪に加担しましたので、それなりのお咎めは覚悟ください」

おそらく彼女はそそのかされて利用されただけ。しかし、自らの意思で私が酒を房に置いていることを伝えたのも事実。無罪放免というわけにはいかないのも仕方がない。

「博文さま」

それから数分。別の文官が彼を呼びに来た。

「どうやらすべて終わったようですね。戻られますか？」

「はい」

青鈴が気になる私は、再び劉伶さまのもとに向かった。

房に足を踏み入れるとあのふたりの姿はなく、大勢いた文官や武官も退出して、残っているのは玄峰さんと子雲さんだけ。青鈴は玉座の劉伶さまの前で平伏していた。

「徐青鈴。お前は毒を仕込んではいないが、余は気に入らぬ」

「はい」

「お前が朱麗華を妬んでいたことは耳に入っている。しかし、朱麗華は友ではなかったのか？」

そう問いかける劉伶さまは眉根を寄せ、悲しげな視線を彼女に注ぐ。

「申し訳ありません。つまらぬ嫉妬で私は麗華を……」

「お前は友を死に追いやろうとしたのだ。李貴妃たちの陰謀が暴かれなければ、朱麗華は命を落としていた」

劉伶さまが強くたしなめると、青鈴の体が小刻みに震えだし、嗚咽《おえつ》が漏れる。

そして次の瞬間彼女は立ち上がり、あの陳皮ゆり根酒に手を伸ばした。

「嫌……」

私はそれを見てとっさに走る。

「死なないで！」

そして壺を彼女の手から弾き飛ばした。

——ガシャン！

床に落ちた壺は粉々に砕け、青鈴は呆然と立ち尽くす。

「死なないで」

もう一度繰り返し、彼女を抱きしめた。

「徐青鈴。陛下と麗華さまに生かされた命を絶つという失礼な行為を恥じよ」

突然子雲さんが声を大きくし、青鈴を責める。

「私は文官だった頃の陛下を、毒で殺めようとした。陛下とは腹違いではあるが栄元帝の血を引く兄を次期皇帝にしたいと望んだ母の命令だ」

その発言に驚き、彼を見つめる。

三人が離宮を訪れるきっかけになった事件は、子雲さんが犯人だったの？

「陛下は、成功しても失敗しても死ぬ運命だった私に同情してくださり、私が自死するのを許してくださらなかった。そして、母と兄から財をすべて奪い、昇龍城から追放した」

衝撃の事実に身震いする。

それでは、子雲さんは実母から兄の即位のために死ねと言われたも同然。同じ血を分けた兄弟なのに、生まれが早いか遅いかだけで生死が決まるなんてあんまりだ。

「栄元帝の血を引く私が、この先決して皇帝の椅子を望まないという証明として宦官になり、劉伶さまへの忠誠を誓った。それゆえ昇龍城を出られたときは落胆したが、戻ってこられたからには命をかけてお守りすると決めている」

そんなことがあったのか。だから子雲さんは劉伶さまに絶対的な信頼を置いているし、劉伶さまも彼を信じているのだ。

それにしても、腹違いの兄弟だったとは。

「徐青鈴。お前も覚悟を決め、陛下と麗華さまのために生きよ。お前の死を一番に悲しむのは麗華さまだ。そのような苦痛を与えることは私が許さん」

子雲さんの心の叫びに胸が震える。その通りだったからだ。

劉伶さまも私も、これ以上誰かが死ぬのを見たくない。

「徐青鈴。危急存亡《ききゅうそんぼう》の秋《とき》になり、ようやくお前は大切なことに気づいたはずだ。朱麗華が皆から好かれる理由は、お前もよくわかっているだろう？」

劉伶さまの問いかけに、真っ赤な目をした青鈴は口を開く。

「はい。麗華は誰にでも優しく、皆の笑顔のために薬膳料理を作っていました。私のように高貴な妃賓の懐に入りたいというような邪心などひとつもありませんでした。私はそんな彼女に魅かれていたのに、自分の立場が危うくなると我を忘れてしまいました」

肩を大きく揺らし言葉を紡ぐ麗華は、私を見つめ床に膝をついて頭を下げる。

「麗華。本当にごめんなさい。妃賓からもてはやされるあなたがうらやましくて……。でも麗華が好かれるのは努力をして薬膳を学んだ結果なのに。私は努力もせず李貴妃の囁きに応じてしまった」

「青鈴。もういいの。私も配慮が足りなかった。お願いだから死なないで。私は大切な友を失いたくない」

私も膝をつき彼女の肩に手をかけて起こすと、彼女は大粒の涙をこぼしながら小さくうなずく。

「この罪は一生背負います。麗華のために生きます」

「なにそれ。一緒に生きるのよ」

ずっと友でいたい。刎頸の友で。

「徐青鈴。処分は考慮の上、のちほど通達する。それまで房にとどまれ。子雲、あとは頼んだ」

「御意」

劉伶さまは、青鈴に子雲さんを付き添わせてくれた。

きっと同じような過ちを犯した彼が、青鈴をよきほうに導いてくれるに違いない。

「余は応龍殿で少し休ませてもらう。朱麗華は話がある。ついて参れ」

劉伶さまは博文さんと玄峰さんに目配せしたあと、ゆったりと歩きだす。私も従った。

応龍殿の休憩室に入ると扉を閉めるように言われてその通りにした。

「麗華。おいで」

つい数分前まで気高き皇帝として場を取り仕切っていた彼が、伯劉伶の顔に戻り両手を広げる。

ためらいなどまったくなかった。私はその胸に飛び込んだ。

「よく耐えた。つらい思いをさせたな」

ようやく緊張の糸が切れたからか、涙があふれてきて止まらない。

「信じて、いました。劉伶さまが助けて――」

もう言葉が続かない。

それでも彼は私の気持ちを理解したのか、背中に回した手に力を込めてより強く抱きしめる。

「月を見ていた。麗華と同じ月を。必ずお前を助けると」

美麗な御衣が涙で汚れてしまう。けれど、離れられない。

「私も、見ていました。劉伶さまと同じ月を」

「あぁ」

彼の声も震えている。

劉伶さまは私以上に恐怖と闘っていたのかもしれない。私は彼にすべてを委ねただけ。私の命は彼の手中にあった。

「麗華」

劉伶さまは私の名を口にすると、ゆっくり体を離す。そして頬に伝う涙を大きな手で拭った。

「皇后になってほしい。お前のいない世界に月は昇らない」

「……はい」

他の返事など見当たらなかった。

自分に皇后としての気品が備わっているとも思わないし、その役割を果たせる自信もない。ただ、劉伶さまの一番近くにいたい。

承諾の返事をすると、彼は瞬時に笑顔になる。

「生涯、麗華だけを愛す。他の妃賓のところに渡るつもりはない」

私、だけを？

思いがけないことを明言されて、胸に喜びが広がる。

しかし、彼はこの国の皇帝なのだ。そういうわけにもいかないだろう。

「そんな。それではお世継ぎが……」

そのための後宮なのに。

「お前が何人でも産めばいいだろう？　子のもうけ方は教えてやる」

「えっ、それは……」

にやりと笑った彼は、そのあと真顔に戻り私に熱を孕んだ視線を注ぐ。

「お前だけを愛したい」

そしてそう囁き、唇を重ねた。

彼の柔らかな唇が私を幸福の極みへと導く。

離れたあと、火照る顔を見られたくなくてもう一度胸に飛び込む。

「はぁー。やっと手に入る」

すると彼は、深い溜息と共につぶやいた。

彗明国の頂点に君臨し、なんでも欲しいままにできるはずの皇帝らしくない発言に笑みが漏れる。

これが素の彼なのだろう。

「劉伶さま。ひとつお願いが。青鈴にどうか寛大な処分を」

顔を見上げて懇願する。

「お前は柳眉《りゅうび》を逆立てるということがないようだな。俺よりずっと寛容だ」

「そんなことはございません」

だってあなたは自分を殺めようとした子雲さんを許し、そばに置いているのだから。

「いや。そんなところを好いているのだから、問題はないだろう？」

彼は柔和な笑みを浮かべる。

私は吐息がかかる距離が面映ゆくて視線を逸らした。

「青鈴には、尚食の腕を生かしてもらう。博文が足を運んだ北方の町は、気候が悪く野菜が育ちにくい。そのため食糧不足が続き、その不満が募っていたようだ。しかし、博文が昇龍城を攻めても状況は変わらないと諭したはずだ」

私の故郷のように飢えて命の危機を感じ、最後のあがきとして軍を起こしたのだろう。万が一にも生きる道があるともしれないと。それくらい切迫した状態だったのだ。

「軍を収めるならば食料を配給すると選択肢を与え、今後について話し合わせた。その結果、こちらの言い分を呑むと。どうやら食に関して知識の乏しい地域のようだし、南方の野菜を食したこともないようだから、調理に詳しい者を数人送る」

「それに青鈴を？」

「あぁ。数年後に任を解かれたら、働きに見合った給金は持たせるから自由にすればいい」

それなら故郷に戻るのもいいかもしれない。後宮に戻っても、冷たい目で見られるだろうし。

「ありがとうございます。きっと故郷で幸せになってくれるかと」

「いや、戻ってくるだろうな。皇后の女官を志願して」

まさか……。だってここは針のむしろなのに。

「そう、でしょうか？」

「間違いない。子雲と同じだ。あいつも昇龍城を出ればよかったのに、宦官にまでなった。俺に忠誠を誓い守るために」

たしかに、子雲さんはこの先も劉伶さまの片腕として働き、後宮では私のことを守ってくれるだろう。

青鈴を縛り付けることになるのは心が痛いけれど、もちろん一緒にいられるのはうれしい。もし彼女が後宮に戻る選択をしたら、そのときは甘えよう。

「青鈴の選択に任せます」

「それがいい」

「それにしても、子雲さんのことは驚きました」

「うん」

彼は私を誘導し、寝台に座らせて自分も隣に座った。

「俺よりふたつ年下の子雲は優秀な男だ。幼き頃から母の期待に応えるべく勉学に励み、俺より三年あとの科挙試験に合格している」

「子雲さんも文官だったんですか？」

尋ねるとうなずいた。

「腹違いとはいえ兄弟だから、幼少の頃はよく一緒に遊んだ。子雲の母は兄ばかり寵愛し、子雲は蚊帳《かや》の外。だからか俺によくなついて、文官になったのも俺と共に仕事をしたかったからだと言っていた」

それなのに、毒を？

「子雲の兄は俺よりひとつ年上だったが、甘やかされたせいか学もできず、母である貴妃の言うがままだった。まあ、皇帝の血を引く男児は何人も不審死しているから、母は無事に育ち皇帝の座に収まることだけを望んでいたのだろうな」

そういえば、栄元帝の血を引き皇帝となれる男子は劉伶さまだけで、男系で生きている者は追放されたと玄峰さんが教えてくれた。

その追放された人間が子雲さんの兄で、あのとき玄峰さんが子雲さんに意味ありげな視線を向けたのは、彼がもともとその資格を有していたということだったのだ。

「それも不憫な気がします」

「そうだな。だから子雲のように気ままに遊ぶという経験もしておらず、あまり笑うこともなかった。権力を前に何人もの運命が狂った。実に浅はかだよ、人間は」

劉伶さまは吐き捨てる。

ある意味、子雲さんの兄上も被害者だったのかもしれない。

「皇后の子だった香呂帝が即位したものの、このままでは国が危ういと噂されるようになり、次の皇帝の模索が勝手に始まった。実は俺の兄は赤子のときに不審死しているんだが……」

そういえば、兄上が亡くなっていると玄峰さんに聞いた。でもまさか、赤子のときだったなんて。

それほど過酷な権力争いの中、劉伶さまが今生きていてくださることに感謝せずにはいられない。

「母はそれ以来、俺を後継者争いには入れたがらなかったし、俺も望まなかった。だから母は栄元帝が崩御したあと、こっそりと俺の妹と共に後宮を去っている」

「今もお元気で？」

問いかけると彼は深くうなずく。

「ところが、子雲の母は俺が文官をしつつ皇帝の座を虎視眈々《こしたんたん》と狙っていると勘違いしたのだろう。自分の子より認められている俺が邪魔になった」

だから殺めようとするなんて、私には理解できない。

「あとは子雲が話した通り。文官や武官は同じ宮で食事をとることも多かった。その機会を利用して、子雲は兄の即位のために俺に毒を盛れと実の母に命じられたのだ。つまり、死ねと言われたも同然だった。あいつの無念がわかるからこそ、俺はあのとき羹を口に含んだ」

彼は顔をしかめて続ける。

「子雲も青鈴と同じなんだよ。すぐに自分も毒を飲もうとしたが俺が止めた。生きて償えと」

憤りや無念さ、さらにはやりきれない思いがあふれてきて、涙がこぼれそうになる。するとしますると劉伶さまは私をそっと抱き寄せてくれた。

「本当ならここに残って子雲を見守ってやるべきだったが、博文と玄峰の力を借りてあいつの母と兄を追放するだけで精いっぱいだった。その後も彗明国のために働く気力など毛ほども残っていなかった。もうこの国がどうなっても構わない。こんな場所にいたくないと逃げた」

彼は離宮で『役割から逃げてきた』と言っていたが、そういう意味だったのか。

「でも、出会ってしまったんだ。周囲の者の幸福のためだけに走り回る女にね」

「……私？」

「あぁ。それなら麗華の幸せは俺が守ろうと思った。だから皇帝になって国中の人たちの笑顔を導くと決めた。今の俺があるのは、麗華のおかげだ」

まさか。私はただ料理を作っていただけ。劉伶さまとはやっていることの規模が違う。

「そんな……」

「だが、もっと助けてもらわないと困る。麗華がいてくれれば、どんな困難も乗り越えられる」

彼は私を見つめて優しく微笑む。

私も劉伶さまの笑顔を守るためなら、なんだってできる。

「それでは、頑張らなくては」

「俺も。まだまだこれからだ」

劉伶さまは頬を緩めて私の手を握った。

「さて、昨晩は一睡もできなかったんだ。少し眠りたい」

「はい」

ただでさえ眠りが浅くて苦労しているのに、おそらく昨晩だけでなくあの茶会の日からほとんど眠っていないだろう。

それから彼がなぜか私の手も引くので、褥に一緒に倒れ込んだ。

「劉伶さま？」

「お前の手が必要なんだ」

「手？」

たしかにこの手があれば熟睡できるようだけど、握っていろと？

「あぁ。仕方がなかったとはいえ、したくないことをした。心が波立っている。麗華の手で鎮めてほしい」

あのふたりを処刑したことを言っているのだろう。

劉伶さまは私がまさにそのときを見ないように配慮してくれたが、彼は自分で処分を下し見届けたのだから。

長い歴史の中では、ためらいなく何人でも臣下や国民を処刑した皇帝もいる。後宮内の争い事でもそうだ。けれど、そんな人たちと光龍帝は違うのだ。

「承知、しました」

「麗華も睡眠不足だろう？　早く眠らないと博文が来るぞ。話があると言ったのは口実で、麗華と一緒にいたいだけだと気づいている。あいつはそういうところが鋭くて困る」

「えっ！」

「どうせ叱られるんだ。麗華の温もりを感じさせてくれ」

劉伶さまは強引に私を抱き寄せ、衾をかけて目を閉じた。

手を握るだけでなく、抱きしめられたまま眠るの？　心臓が暴れ、とても眠れやしない。

唖然としていると、彼は目をぱちっと開く。

「言い忘れた。おやすみ、麗華」

彼はそう言ったあと私の額に唇を押し付けて、今度こそ眠りについた。

「え……」

劉伶さまはこんなことをして平気な顔をしていられるの？

私は彼の唇が触れた額にそっと触れ、ひとりで動揺していた。

しかし、安心しきった表情で眠る劉伶さまを見ていると、たまらなく幸せな気分になる。

きっと彼は、この国を平和に導く。私は一生ついていくだけ。

彼や遠征に行き大仕事を成し遂げてきた博文さん、そして私を支えてくれた玄峰さんと子雲さんに、うーんとおいしい薬膳料理を振る舞おう。

そんなことを考えながら私も目を閉じた。

それから数時間後。

私は後宮に戻り、厨房で料理を作っていた。

尚食の仲間は私の復帰を大歓迎してくれて、共に調理にいそしんだ。

この場に青鈴がいないのだけが残念だが、劉伶さまが彼女のこれから進む道を示してくれたので、落胆ばかりしてはいられない。

今日は白露さんに頼み込んで献立を立てさせてもらった。皆の労をねぎらうために好物を食べてもらいたいと思ったからだ。

劉伶さまが一番好きなピリッと辛い花椒を入れた麻婆豆腐。博文さんの好物、海老団子の羹。そして肉好きの玄峰さんには丁子や八角、桂皮などの粉を混ぜた五香粉を効かせた焼き豚。

他にはおそらく疲れ果てて気虚に近い状態にある彼らのために、それを改善する黒豆を南瓜と一緒に炊く。同じく気虚によい薏苡仁と棗を入れたお茶も用意するつもりだ。

さらには、気を補うのに最適な高麗人参や血行を改善するという八角、疲労回復にはうってつけの大蒜や食欲を増進させる唐辛子などを加えて丸鶏を砂糖と酒と生抽で煮込んだ料理も作った。

おそらく後宮に来てから一番贅沢な夕食だ。

いつものように応龍殿で尚食として平伏したまま薬膳効果について説明したあと退室しようとすると、博文さんに止められる。

「朱麗華と黄子雲は、無実の罪を被せた詫《わ》びとして、陛下が夕食を共にしたいとおっしゃっている」

またあの離宮でのような食事を経験できるの？

うれしさのあまり、笑みが漏れるのをこらえきれない。

「ありがたくお受けします」

すると落ち着いた様子で子雲さんが答えている。

そうか、こういうときはそう返事をするんだ。

「ありがたくお受けします」

私も真似ると、私たち以外の尚食と宦官は出ていった。


「今日は豪華だな。麻婆豆腐、食いたかったんだよ」

私たち五人だけになると、劉伶さまは途端に素に戻る。

「麗華さん、俺が肉が食いたいってよくわかったな」

「玄峰はいつも肉だろ」

玄峰さんは博文さんに指摘されてもお構いなしに、大口を開けて焼き豚を運ぶ。もちろん博文さんは海老団子からだ。

「子雲さんはなにがお好きなんですか？」

「私はなんでも。食べられることが幸せです」

謙虚な言葉を口にすれば、劉伶さまが食べる手を止める。

「子雲、それは麗華に失礼だ。麗華は俺たちを元気にしたくて食事を作っている。お前が一番笑顔になれる料理を伝えるのが正解だ」

その通り。おいしいと食べ進んでもらえるのが一番うれしい。

「申し訳ありません。それでは……。私も肉が好きです」

「俺の分はやらないからな」

思いきりしかめっ面をする玄峰さんを劉伶さまが笑う。

「玄峰。麗華さんが怖がられる。その強面顔はしまえ」

「しまえるか！」

玄峰さんは博文さんに茶化されて口を尖らせているけれど、本気で怒っているわけではない。

私は初めて会った日のことを思い出していた。

偶然出会った私たちが、彗明国の中枢である昇龍城で夕食を共にすることになるなんて考えもしなかった。

でも、私は今とても幸せだ。

たくさんあった料理が半分くらい胃の中に入った頃、博文さんが口を開いた。

「それで、劉伶さまはいつ麗華さんのところに渡られるおつもりですか？」

「そうだな。今晩でもいいし」

「ゴホッ」

突然始まったとんでもない話に、喉を詰まらせそうになり慌てる。

「麗華。お茶を飲め」

隣にいる劉伶さまが私に薏苡仁茶を差し出してくるので受け取って飲んだ。

「まったく無粋な会話だな」

「玄峰に言われたくない」

表では皇帝として眼光炯々《けいけい》としている劉伶さまが、子供のようにふてくされるのがおかしすぎる。

「麗華さん。茶会で後宮をまとめた手柄としてまずは貴妃となり、藍玉宮《らんぎょくきゅう》に移ってもらいます。さすがに女官の房に皇帝が渡るというのも……」

博文さんの言葉にはうなずける。私には十分な広さだが、たしかに皇帝が来るべき場所ではない。

「適当な理由をつけて位を上げようと考えていたけど、そんな必要はなかったね。麗華は今や後宮の妃賓や女官から一目置かれる存在になっている。誰も文句は言えないだろう」

劉伶さまは口元をかすかに上げる。

「よく妃賓に引きとめられて、麗華さまに薬膳料理を作ってもらうにはどうしたらよいかと尋ねられます」

次に子雲さんがそう言うので驚いた。

「そうだったんですね」

「はい。ですが最近では数が増えすぎて参りましたので、不公平になるとよろしくないと思い、茶会を楽しみにしてくださいとお伝えしています」

妃賓たちが私の料理を食べたいと思ってくれているのが素直にうれしい。

「それでは茶会を開かなければ。中華まん、駄目にしてしまいましたし」

あの騒動のせいでせっかく作った中華まんは破棄されたはずだ。

「皇后になっても続けるつもりか？」

「もちろんです」

劉伶さまの質問にうなずく。

皇后だからこそやらなくては。

後宮の頂点に立つのなら、後宮をまとめるのが私の仕事。もう二度とあんな事件が勃発しないように、妃賓同士の絆を深めたい。

「働き者の皇后が誕生ですか。早急にお手付きをしていただいて、翠玉宮に移りましょう」

博文さんがそんなことを言うので、頬が赤らむ。

つまり、閨を共にして劉伶さまの寵愛を示し、貴妃から皇后となってその住まいの翠玉宮に移れと言っているのだ。

でもこれ、後宮の女官たちに劉伶さまとの間にそうした事実があったと知らしめる行為に等しい。妃賓なら誰もが望むこととはいえ、さすがに恥ずかしい。

「あっ、えっと……」

「麗華。照れなくてもいい。全部教えてやるから」

どうして皆、こんな会話をして平然としていられるの？

淡々と食べ進んでいる四人に目を丸くする。

「麗華さんが固まっているぞ」

この中で一番がさつそうな玄峰さんが私を気遣う。人は見かけによらないのだと知った。

「まあ、焦らずゆっくり進もう。逃すつもりはないから」

だからそれが恥ずかしいのに。愛を囁かれるのはうれしいけれど、皆の前ではちょっと。

「そういえば、先ほど青鈴に任について話をしました。彼女はふたつ返事で受け入れました」

博文さんが話を変えた。

「そう、ですか」

後宮からいなくなるのは寂しいが、精いっぱいの温情に感謝しなければ。劉伶さまが心の優しい人でなければ、青鈴も処刑されていた。

「これからは陛下と麗華さんに恥じない生き方をしますと言っていた。必ず恩返しすると」

「青鈴……」

彼女なら立派な働きをするだろう。劉伶さまが授けた未来は暗くない。

「明日の朝、旅立つはずです」

「えっ、もう?」

私は思わず立ち上がった。

こんなに早いとは思っていなかった。

最後にもう一度会いたい。でも、許されないかもしれない。私たちは罪を被せた者と被せられた者という関係だからだ。

「彼女の房は宦官が取り囲んでいるし、他の女官の目もあるから会うのは難しいかもしれない。でも、城を出るときは目をつぶるように言っておく。行っておいで」

「いいんですか?」

「光龍帝の意思にそむける者はいない。玄武門から出るはずだ」

劉伶さまの提案を玄峰さんがあと押ししてくれたので、うなずいた。


翌朝、朝日が昇る頃に子雲さんが声をかけてくれた。

「麗華さま、そろそろ出発するそうです」

なんて早いの?

けれど、他の女官たちと顔を合わせない配慮をしているのだと思い、昇龍城にある四つの門のうち、北の玄武門を目指して走りに走った。

「青鈴！」

宦官に付き添われて門に向かう彼女に声をかけると振り向く。

「麗華……」

「青鈴。元気でいて」

私は勢いよく彼女に飛びつき、抱きしめる。

「本当にごめんなさい。私がしたことは、死に値するのに……」

「陛下のご意思は絶対よ。生きて。またいつか会えるとうれしいな」

「麗華。ありがとう」

彼女は大粒の涙をこぼし、声を震わせる。

私は彼女から離れて、目を見つめた。

「陛下は、彗明国の隅々の村の人たちまで幸せにしたいとお考えよ。今は苦しい地域も、いつか必ず生活が好転する。私は後宮で自分のできることを全力でする。青鈴。どうか陛下のご意思を伝えて。そして青鈴も幸せになるの」

彼女は涙が止まらなくなったらしく、手で拭いながら何度もうなずいている。

「徐青鈴、そろそろ」

宦官に促されたので、私はもう一度彼女を抱きしめた。

「青鈴はずっと私の友だからね」

そう囁くと、彼女も私の背に手を回してくる。寂しいけれどこれが最後の抱擁だ。

私は離れたあと、香妃から受け取った歩揺を彼女に握らせた。

「これ……」

「香妃に許可をいただいてあるわ。青鈴の料理はとてもおいしかったのに、悪いことをしたとおっしゃってた。香妃は医者がお嫌いみたいで、薬膳でなんとかなるなら……と気持ちが暴走したと。だからこの歩揺は青鈴のものなの」

彼女は歩揺を強く握り、嗚咽を漏らしだす。

「私、なんて馬鹿だったんだろう……」

「青鈴。まだこれからよ。私たちは食で誰かを幸せにできる。頑張ろうね」

「……うん」

泣きじゃくっていた彼女も、最後は笑顔を作ってくれた。

私は必死に泣くのをこらえてはいたが、大きな門が私たちの間を隔てたのを機に一粒だけ涙がこぼれる。

でも彼女は必ず活躍してくれる。そしていつかきっと会える。

「私も頑張ろう」

皇后の道を示されても戸惑いばかりだ。
けれども、劉伶さまの――彗明国の役に立ちたい。
私は気持ちを新たにした。

後宮を導く中華まん

その十日後。

私は貴妃となり今までの房から藍玉宮に移った。

その日私は、尚食の仲間に手伝いを乞《こ》い、茶会を催すことにした。もちろん、中華まんのやり直しだ。

「麗華さん。もう貴妃になられたのですから、指示していただければ私たちがいたしますのに」

尚食長の白露さんが今までとは違う態度で接してくるので首を横に振る。

「これまで通りで結構ですよ。それに調理をしていないと落ち着かなくて。皆で一緒に薬膳できれいになりましょう」

そう言うと、尚食の仲間はうれしそうに微笑み、テキパキと動きだした。

小豆や黒ごま餡の中華まんに加え、大きな豚の角煮をそのままゴロンと入れた、お腹にたまりそうなものも作る。

というのは、劉伶さまがやはり顔を出してくださるのと、今回は日頃お世話になっている宦官たちにも振る舞うことにしたからだ。毒見役ではなく、招待客として。それでなにがいいかと子雲さんに聞いてみたら、甘い中華まんよりそうしたものを好む者が多いと知り、大量にこしらえた。

今回の茶会は、最初の茶会の十倍近くの人たちが集まり、中庭が狭く感じる。

「――豚肉は体を潤しますので、肌の乾燥にも効果的です。便秘にもよろしいですよ」

いつものように効能を説明すると、出席者は皆、真剣に聞き入っている。

「何種類も食べられるようにあえて小さめにしてあります。どうぞお召し上がりください」

宦官も初めてのもてなしに目を輝かせている。

後宮に序列があるのは仕方がないかもしれないが、できれば仲良く、そして楽しく生きていきたい。

配膳も手伝ってくれた尚食たちが自らも食べ始めた頃、劉伶さまがやってきた。

一斉に食べるのをやめて注目するが、すぐに緊張が緩むのはいつものことだ。皆、劉伶さまがお優しく、慈悲深い皇帝だともうよく知っているのだ。

「朱麗華。今日はなんだ？」

「はい。中華まんでございます。本日は角煮入りも作りましたので、お土産に持っていかれてもよろしいかと」

ここには入れない肉好きの玄峰さんを意識して提案する。すると、いつもは表情ひとつ崩さない彼が右の眉を上げて口元を緩めた。

「それではそうしよう。余の臣下もよく働いてくれている。感謝を示したい」

「はい。あとでお包みします」

ひとまず劉伶さまの分の準備をして下がろうとすると、不意に腕を握られてひどく驚く。

「いつもありがとう」

「とんでもございません」

すぐに手は離されたが、握られた部分が熱くてたまらず、しばらく心臓の高鳴りを抑えられなかった。

茶会は大盛況のうちに終わり、体調に悩みのある妃賓に食べ物の提案をしていたら夕刻になってしまった。

慌てて厨房に向かい、尚食としての仕事をしようとしたが、ほとんどできている。

「遅くなって申し訳ありません」

「麗華さんは貴妃になりになったんですから、尚食の仕事なんてしなくていいんです」

白露さんがそう言うけれど、それも寂しい。

「でも私、料理をするのが楽しいんです。やらせてください」

必死に訴えると、女官たちがクスクス笑いだした。

なにかおかしなことを言ったかしら？

「陛下から宦官を通じて、今日は疲れているだろうから麗華さんは休ませるようにとご伝言が。それと、おそらく麗華さんはこれからも調理をしたいと言うだろうから、仲間として今まで通りにしてほしいと。その通りでしたね」

「陛下が？」

チラリと子雲さんに視線を送ると、彼も笑いを噛み殺している。

「麗華さんが皇后になったらいいのにって、皆で話してたのよ。きっと楽しい後宮になるだろうなって」

「そうそう。でも皇后さまと一緒に調理するなんておかしいわね」

仲間たちが口々にそう漏らすのを見て唖然とする。

私ひとりだけ位が上がってしまったので、もしかしたら拒絶されるのではないかと心配していた。頑張っていたのは皆同じだからだ。

それなのにこの歓迎ぶり。私がしてきたことは間違っていなかったのかもしれない。

「ここにいてもいいんですね」

近い将来、本当に皇后となっても、ひとりで部屋にこもっているのは苦痛でしかない。仲間と一緒に、食で皆を笑顔にし続けたい。

「もちろん。麗華さんがいないと美肌が保てないもの」

「私、最近月のもののときの痛みが少なくなったの」

「私はほっそりしてきたでしょ」

「それは思い過ごしよ」

次々と女官から声が飛び、大きな笑いが起こる。

李貴妃の事件の影響で一時は緊張感が漂っていた後宮だったが、やはりこうでなければ。

私も一緒になって大笑いしたあと、藍玉宮に戻った。

貴妃となったからには、女官を数人つけなさいと博文さんに言われている。いくら宦官とはいえ、子雲さんに着替えの手伝いなどをしてもらうわけにはいかないからだ。

これまでだって自分でしていたのだから、女官などいらない。

しかし、料理が得意な私がその能力を発揮できる場所があることがうれしいように、髪結いがうまい女官もいれば、衣を縫うのがうまい女官もいて、それぞれに輝ける場所があるほうがいいのかもしれないと思い始めていた。

「ゆっくり考えよう」

後宮に来たとき、ここで一生下働きをするのだと覚悟していた。それなのに、妃賓の頂点に駆け上がろうとしているのが信じられない。

でも、劉伶さまの寵愛は幸甚《こうじん》の至りだし、もう誰も命を落とすことのない後宮を作っていけるのなら踏ん張りたい。

「麗華。起きてる？」

疲れからうとうとしかけた頃、扉の向こうから声がした。

劉伶さまだ。

私は飛び起きてすぐに扉を開ける。

目の前の彼は、子雲さんと御衣を交換してひっそり訪れていたときとは違い、きらびやかな皇帝の姿のままだった。

「どうされましたか？」

「どうしたって……。お手付きに来たんだけど」

「え……」

たしかに、皇帝が渡るために部屋の移動をしたわけだけど、まさか今晩だとは。

「なんだその驚いた顔。どれだけ待ったと思ってる」

彼は私を簡単に捕まえて腕の中に包み込む。

「で、ですが……」

「麗華。皇后になる覚悟はできた？」

彼は私を抱きしめたまま問う。

「覚悟なんてできません。でも、劉伶さまに添い遂げるためなら、なんでもします。一生、劉伶さまだけを思って生きていきたい。あっ……」

本音を吐き出せば、少々荒々しく、そして焦るように唇を重ねられた。

「俺も。一生麗華だけを思い続ける」

優しく微笑む彼は、光龍帝ではなく伯劉伶の顔をしていた。

これから先、こうして笑い合える時間ばかりではないだろう。

けれど、彗明国を平穏で豊かな国へと導く劉伶さまの一番近くで、彼を支えられる存在になりたい。

そして、薬膳料理で皆を笑顔にしたい。

彼との出会いはただの偶然だった。けれども、その偶然から広がった幸福を、この先もずっと守りたい。

——彗明国の明るき未来は、ここから始まる。

完

あとがき

中華後宮ファンタジーはお楽しみいただけましたでしょうか？

参考文献にあたっても中国語ばかりで（読めないよ！）、とにかく書くのに苦労した作品ですが、かなり楽しかったです。

中国の後宮の歴史を調べていると、吐き気を催すような凄惨な出来事だらけです。その時代に生まれなくてよかったと思ったほどですが（生まれていても村人Aだった気がしなくもない）、後宮での生活にはちょっと興味があります。おそらく想像以上のきらびやかな世界でしょうから覗いてみたいです。華やかな衣装とか、整えるのが大変そうな髪形とか……一度経験してみたくないですか？　毎日その恰好での生活を強いられたら大変そうなので一度でいいんですけどね。でも、麗華の作った料理なら毎日でも大歓迎。辛い麻婆豆腐が食べたくなってきました。

薬膳料理については知識がなくて調べながらの執筆でしたが、とてもためになりました。毎日食べている食材にもそれぞれ役割があるとは知らず。体質チェックをしてみましたら、私は〝血虚〟という状態のようです。髪がパサパサ。爪が割れる。目が疲れる。肩こりがひどい。めまい等々。ただ、やせ気味という項目だけあてはまらない。おかしいな……。血虚には（作中にも出てきましたが）赤と黒の食べ物が効果的だそうで。レバーや黒豆、黒ごまなどですね。他にはほうれん草や青魚などもいいそうです。皆さんもチェックしてみてください。ただ気にしすぎると料理が負担になりそうなので、調子が悪い？と感じるときに気をつけてみようかなと思います。

今回、表紙を飾ってくださいましたのは、ゆき哉《かな》先生。描いていただいたキャラクターたちが素敵で、改稿に疲れるたびに眺めていました。強面でおなじみの？玄峰までもが、惚れてしまうレベルのかっこよさで、強面といじってごめんという気持ちに。悶えるイラストをありがとうございました。

最後までお付き合いくださいました読者さま、感謝感謝です。またなにかの作品でお会いできますように。

佐倉伊織《さくらいおり》

佐倉伊織先生への
ファンレターのあて先

〒104-0031
東京都中央区京橋1-3-1
八重洲口大栄ビル7F
スターツ出版株式会社　書籍編集部　気付
佐倉伊織先生

本書へのご意見をお聞かせください

お買い上げいただき、ありがとうございます。
今後の編集の参考にさせていただきますので、
アンケートにお答えいただければ幸いです。

下記URLまたはQRコードから
アンケートページへお入りください。
https://www.berrys-cafe.jp/static/etc/bb

皇帝の胃袋を掴んだら、寵妃に指名されました ～後宮薬膳料理伝～

2019年11月10日　初版第1刷発行

著　　者　佐倉伊織

発 行 人　菊地修一
デザイン　カバー　井上愛理（ナルティス）
　　　　　フォーマット　hive & co.,ltd.
校　　正　株式会社鷗来堂
編集協力　妹尾香雪
編　　集　福島史子
発 行 所　スターツ出版株式会社
〒104-0031
東京都中央区京橋1-3-1　八重洲口大栄ビル7F
TEL　出版マーケティンググループ　03-6202-0386
（ご注文等に関するお問い合わせ）
URL　https://starts-pub.jp/
印 刷 所　大日本印刷株式会社

Printed in Japan

乱丁・落丁などの不良品はお取替えいたします。
上記出版マーケティンググループまでお問い合わせください。
定価はカバーに記載されています。

ISBN 978-4-8137-0790-5　C0193

ベリーズ文庫 2019年11月発売

『俺様上司が甘すぎるケモノに豹変!?〜愛の巣から抜け出せません〜』　桃《もも》城《しろ》猫《ねこ》緒《お》・著

広告会社でデザイナーとして働くぽっちゃり巨乳の梓希は、占い好きで騙されやすいタイプ。ある日、怪しい占い師から惚れ薬を購入するも、苦手な鬼主任・周防にうっかり飲ませてしまう。するとこれまで俺様だった彼が超過保護な溺甘上司に豹変してしまい…!?

ISBN 978-4-8137-0784-4／定価：本体640円＋税

『冷徹御曹司のお気に召すまま〜旦那様は本当はいつだって若奥様を甘やかしたい〜』　惣《そう》領《りょう》莉《り》沙《さ》・著

恋愛経験ゼロの社長令嬢・彩実は、ある日ホテル御曹司の諒太とお見合いをさせられることに。あまりにも威圧的な彼の態度に縁談を断ろうと思う彩実だったが、強引に結婚が決まってしまう。どこまでも冷たく、彩実を遠ざけようとする彼だったけど、あることをきっかけに態度が豹変し、甘く激しく迫ってきて…。

ISBN 978-4-8137-0785-1／定価：本体630円＋税

『早熟夫婦〜本日、極甘社長の妻となりました〜』　葉月《はづき》りゅう・著

母を亡くし天涯孤独になった杏華。途方に暮れていると、昔なじみのイケメン社長・尚秋に「結婚しないか。俺がそばにいてやる」と突然プロポーズされ、新婚生活が始まる。尚秋は優しい兄のような存在から、独占欲強めな旦那様に豹変！　「お前があまりに可愛いから」と家でも会社でもたっぷり溺愛されて…！

ISBN 978-4-8137-0786-8／定価：本体640円＋税

『蜜愛婚〜極上御曹司とのお見合い事情〜』　白石《しらいし》さよ・著

家業を救うためホテルで働く乃梨子。ある日親からの圧でお見合いをすることになるが、現れたのは苦手な上司・鷹取で!?　男性経験ゼロの乃梨子は強がりで「結婚はビジネス」とクールに振舞うが、その言葉を逆手に取られてしまい、まさかの婚前同居がスタート!?　予想外の溺愛に、乃梨子は身も心も絆されていき…。

ISBN 978-4-8137-0787-5／定価：本体640円＋税

『イジワル御曹司と契約妻のかりそめ新婚生活』　砂原《すなはら》雑音《のいず》・著

カタブツOLの歩実は、上司に無理やり営業部のエース・郁人とお見合いさせられ"契約結婚"することに。ところが一緒に暮らしてみると、お互いに干渉しない生活が意外と快適！　会社では冷徹なのに、家でふとした拍子にみせる郁人の優しさに、歩実はドキドキが止まらなくなり…!?

ISBN 978-4-8137-0788-2／定価：本体640円＋税

タイトル、価格等は変更になることがございますのでご了承ください。

ベリーズ文庫 2019年11月発売

『冷徹皇太子の溺愛からは逃げられない』 葉崎《はざき》あかり・著

貴族令嬢・フィラーナは、港町でウォルと名乗る騎士に助けられる。後日、王太子妃候補のひとりとして王宮に上がると、そこに現れたのは…ウォル!? 「女性に興味がない王太子」と噂される彼だったが、フィラーナには何かと関心を示してくる。ある日、ささいな言い争いからウォルに唇を奪われて…!?

ISBN 978-4-8137-0789-9／定価：本体640円＋税

『皇帝の胃袋を掴んだら、寵妃に指名されました～後宮薬膳料理伝～』 佐倉《さくら》伊織《いおり》・著

薬膳料理で人々を癒す平凡な村人・麗華は、ある日突然後宮に呼び寄せられる。持ち前の知識で後宮でも一目置かれる存在になった麗華は皇帝に料理を振舞うことに。しかし驚くことに現れたのは、かつて村で麗華の料理で精彩を取り戻した青年・劉伶だった！ そしてその晩、麗華の寝室に劉伶が訪れて…!?

ISBN 978-4-8137-0790-5／定価：本体640円＋税

『ポンコツ令嬢に転生したら、もふもふから王子のメシウマ嫁に任命されました』 江本《えもと》マシメサ・著

前世、料理人だったが働きすぎが原因でアラサーで過労死した令嬢のアステリア。適齢期になっても色気もなく、「ポンコツ令嬢」と呼ばれていた。ところがある日、王都で出会った舌の肥えたモフモフ聖獣のごはんを作るハメに！ おまけに、引きこもりのイケメン王子の〝メシウマ嫁〟に任命されてしまい…!?

ISBN 978-4-8137-0791-2／定価：本体630円＋税

ベリーズ文庫 2019年12月発売予定

Now Printing

『あなたのことが大嫌い～許婚はエリート官僚～』 砂川雨路《すながわあめみち》・著

財務省勤めの翠と豪は、幼い頃に決められた許嫁の関係。仕事ができ、クールで俺様な豪をライバル視している翠は、本当は彼に惹かれているのに素直になれない。豪もまた、そんな翠に意地悪な態度をとってしまうが、翠の無自覚なウブさに独占欲を煽られて…。「俺のことだけ見ろよ」と甘く囁かれた翠は…!?

ISBN 978-4-8137-0808-7／予価600円＋税

Now Printing

『ソムニウム～イジワルな起業家社長と見る、甘い甘い夢～』 ひらび久美《くみ》・著

突然、恋も仕事も失った詩穂。大学の起業コンペでライバルだった蓮斗と再会し、彼が社長を務めるIT企業に再就職する。ある日、元カレが復縁を無理やり迫ってきたところ、蓮斗が「自分は詩穂の婚約者」と爆弾発言。場を収めるための嘘かと思えば、「友達でいるのはもう限界なんだ」と甘いキスをしてきて…。

ISBN 978-4-8137-0809-4／予価600円＋税

Now Printing

『大嫌いな私の旦那様は不器用につき、』 田崎《たさき》くるみ・著

新卒で秘書として働く小毬は、幼馴染みの将生と夫婦になることに。しかし、これは恋愛の末の幸せな結婚ではなく、形だけの「政略結婚」だった。いつも小毬にイジワルばかりの将生と冷たい新婚生活が始まると思いきや、ご飯を作ってくれたり、プレゼントを用意してくれたり、驚くほど甘々で…!?

ISBN 978-4-8137-0810-0／予価600円＋税

Now Printing

『恋待ち婚～二度目のキスに祈りを込めて』 紅《くれない》カオル・著

お人好しOLの陽奈子はマルタ島を旅行中、イケメンだけど毒舌な貴行と出会い、淡い恋心を抱くが連絡先も聞けずに帰国。そんなある日、傾いた実家の事業を救うため陽奈子が大手海運会社の社長と政略結婚させられることに。そして顔合わせ当日、現れたのはなんとあの毒舌社長・貴行だった！

ISBN 978-4-8137-0811-7／予価600円＋税

Now Printing

『【極上旦那様シリーズ】契約溺愛ウエディング～パリで出会った運命の人～』 若菜《わかな》モモ・著

パリに留学中の心春は、親に無理やり政略結婚をさせられることに。お相手の御曹司・柊吾とは以前パリで会ったことがあり、印象は最悪。断るつもりが「俺と契約結婚しないか？」と持ち掛けてきた柊吾。ぎくしゃくした結婚生活になるかと思いきや、柊吾は心春を甘く溺愛し始めて…!?

ISBN 978-4-8137-0812-4／予価600円＋税

タイトル、価格等は変更になることがございますのでご了承ください。